W0280372

Péter Esterházy

Die Mantel-und-Degen-Version

Einfache Geschichte Komma
hundert Seiten

Aus dem Ungarischen von
Heike Flemming

Hanser Berlin

Die ungarische Originalausgabe erschien 2013
unter dem Titel *Egyszerű történet vessző száz oldal – a kardozós változat*
bei Magvető, Budapest.

1 2 3 4 5 19 18 17 16 15

ISBN 978-3-446-24778-9
© Péter Esterházy 2013
Alle Rechte der deutschen Ausgabe
© Hanser Berlin im Carl Hanser Verlag München 2015
Satz: Greiner & Reichel, Köln
Druck und Bindung: CPI – Ebner & Spiegel, Ulm
Printed in Germany

FSC
www.fsc.org
MIX
Papier aus verantwortungsvollen Quellen
FSC® C006701

[erste Seite]

VORSPIEL

Die vergehenden Jahrzehnte haben gezeigt, dass Sie, lieber Leser – auch wenn ich glaube, das sogenannte Biographische ist lediglich eine Form oder eine Schreibweise, meine schriftstellerischen, meine als schriftstellerisch apostrophierbaren Verfahren sind viel abstrakter, als dies das nominell Persönliche vermuten lässt –, dass Sie also, lieber Leser, dennoch meistens denken, ich* bin ich**. Sei es halt so. Das heißt, ich kann dann auch die Familie nicht loswerden, wollte es, notabene, auch gar nicht, ich sah es lediglich als wichtig an, dass sich, so wie sich meine Ansicht im Laufe der Zeiten geändert hat – mal hielt ich mein Fernglas auf einen Gipfel, mal in die Tiefe des ungarischen großen Flachlands, mal in die zarten, stillen Grübchen einer alabasterfarbenen weiblichen Schulter –, so auch die Familie sich änderte, von der eben die Rede gewesen ist. (Denn sie ist ja aus der Rede entstanden ...)

Sie jedoch winken schmunzelnd vielsagend ab. Ich*** akzeptiere das, wehre mich nicht dagegen. Ich sage nicht, ich durchschaue die Absicht, doch seien auch Sie sich nicht

---

* Lili Csokonai, anders gesagt Karl V., von Gottes Gnaden Herrscher über die halbe Welt, Prinz von Asturien und Nyékládháza (Scherz!) – P.E. (Bei János Arany (J.A.) sah ich diese Form der Fußnoten.)

** P.E. – P.E.

*** Karl VI. Was wissen wir über Karl VI.? (Scherz!) – P.E.

so sicher, dass Sie mich durchschauen. Ich bin zwar ein offenes Buch, aber Sie kennen dieses Buch nicht; mag sein, auch ich nicht. Doch spiele ich mit offenen Karten. Aber welches Spiel?

Ich würde gern, das ist mein Ehrgeiz, meine Hybris, vom Glück der letzten beiden Jahrzehnte im Leben meines Vaters berichten. Dies soll meine Beute* sein. Dass der Mann (dem ich mein Leben verdanke usw. usw. – das war schon), den die Turbulenz der Geschichte und die eigene Schwäche mehrmals aus dem eigenen Leben ausstieß und dessen Leben dadurch gerade dieses Ausgestoßensein wurde und der so immer wieder im Niemandsland stand, wehrlos, zitternd (wer hat das Zittern gesehen?, ich** nicht), derart einsam, dass ich, sobald ich daran denke, in Tränen ausbrechen könnte, dass dieser Mann also dennoch glücklich gestorben ist. Ich glaube nicht, dass er davor irgendwann einmal glücklich gewesen war (und auch nicht, dass er die Frau, meine Mutter, mit der er lebte, glücklich gemacht hatte).

Das Glück verringert unsere Sünden nicht, weder seine, wenn es sie gibt, noch meine, wenn es sie gibt. Es gibt sie. Das Gewicht des Gesagten mindert nicht, dass wir, logischerweise, so genau nicht wissen, wer glücklich ist und wer es nicht ist.

---

* Salingers Ausdruck – P.E.

** Karl VII. Und who the fuck ist das? Wie wer? Er hat mit Jeanne d'Arcs Hilfe die Engländer fast aus ganz Frankreich vertrieben! Doch meinem Vater hat auch das nicht geholfen. Obwohl es ihm vielleicht auch nicht sonderlich geschadet hat. Wer weiß … – P.E.

Bei meiner Arbeit habe ich mich bemüht, mich nach Kjell Askildsens Praxis zu richten: »Ich habe über nichts geschrieben, das mir widerfahren ist. Ich habe mich bemüht, keinen Satz zu schreiben, an den ich bereits zuvor gedacht hatte. Andere sammeln die später verwendbaren Sätze in Notizheften, ich mitnichten. Beim Schreiben zählt nur das Schreiben und die magische, unermessliche Zeit des Schreibens.«

Kipling empfiehlt (lese ich in Mathias Énards faszinierendem Roman *Erzähl ihnen von Schlachten, Königen und Elefanten*): Erzähl ihnen von diesen, von Pferden, Teufeln und Engeln, aber vergiss auch nicht, ihnen von Liebe und dergleichen zu erzählen ... Ich nehme es durch: Schlacht, König, Ross, Deibel, Engel, Leben, alles wird es geben. Das Elefantenproblem muss ich noch lösen. Gürtet euch, ein jeder mit seinem Schwert.

P.E.

In mir pocht die Vergangenheit gleich einem zweiten Herzen.

*John Banville: Die See**

---

* Übersetzung von Ferenc Pordán. – P.E. [Aber nein, die Situation ist inzwischen eine andere, die Übersetzung ist nun schon von Christa Schuenke. – H.F.]

[zweite Seite]

Blij zijn*, sich freuen. Einige der schwungvollen Buchstaben waren auf dem eisbeblumten Fenster der Kutsche verrutscht, in Bewegung geraten, umgefallen, das eine j war sogar zerbrochen. Die Hand, die sie gemalt hatte, musste vor Kälte steif gewesen sein. Eine matte, klamme Hand. Fein und kraftlos. Aber ausdauernd, denn auf alle vier Glasscheiben hatte sie gemalt: blij zijn. Und vornehm, als Schreibgerät hatte sie die Diamant-Intarsie des Rings im Facettenschliff benutzt. Der Diamant stammte aus der Werkstatt des venezianischen Meisters Vincent Peruzzi,** der Besitzer des Diamanten (und der Hand) hatte früher die Pariser Leute von Kardinal Mazarin beschäftigt, doch er war der ständigen Abrechnungsstreitigkeiten, die der Geldsucht des Kardinals entsprangen, überdrüssig geworden. Peruzzi war zwar teuer, aber man konnte göttlich mit ihm handeln.

---

* Bestimmte Quellen erwähnen »zich verheugen« beziehungsweise »gelukkig zijn«. Ich habe den verlässlich aussehenden Sándor-Apponyi-Verweis genommen (*Hungarica: Ungarn betreffende im Auslande gedruckte Bücher und Flugschriften.* Besorgt von L. Dézsi. Teplice und Wijk aan Zee, 1927). Doch wie dem auch sei, wie wir auch zwischen Teplice und Wijk aan Zee auf den Spuren der Synonyme taumeln, die ersten beiden Wörter sind: sich freuen! – P. E.

** Diese Form wurde dann im zwanzigsten Jahrhundert die Grundlage für den Eppler-Brillanten. – P. E.

Wenn jemand durch die von den Buchstaben gelassenen Lücken (durch das Nichts der Buchstaben hindurch) nach draußen blickte, konnte er eine Zeit lang das langsam hinter ihnen verschwindende Prag sehen, die goldene Stadt der Wunderrabbiner, Kaiser und Astronomen und schnippischen, lustigen Dienstmädchen, und wenn dieser Jemand nicht den Befehl ausgegeben hätte, man solle vorsichtig, solle auf versteckten Nebenstraßen fahren, wäre er außerordentlich überrascht gewesen, dass die freundlich-unwirtlichen Fichten der Železné hory nach und nach jeden Ausblick verdeckten.

[dritte Seite]

Unsere Geschichte nutzt die Wirren, den zwielichtigen Schwindel zwischen historischen Kräften, Absichten, ausgesprochenen und unausgesprochenen, erkannten und nicht erkannten Interessen und die freundlich-unwirtlichen Fichten der zweiten Hälfte des siebzehnten Jahrhunderts, um zu beginnen.

Am dritten Oktober, nicht lange nachdem* die Truppen des phänomenalen Prinzen Eugen ihre elegante und matte Mordlust durch ihre fürtreffliche technische Ausrüstung, ihren westlich zu nennenden praktischen Sinn und den juvenilen Ehrgeiz des Prinzen untermauert und die der jahrhundertelangen Eroberung etwas überdrüssig und sicher bequem gewordenen Türken fast vollständig aus dem damals noch nicht existierenden Mitteleuropa**, von oben herab gesagt, aus den Gebieten jenseits der Wiener Landstraße,*** verjagt hatten – an diesem Tag brach Ludwig III., einer der wenigen Habsburger,

---

* Bevor! – P.E.

** Das damals noch gar nicht existierte! – P.E.

*** Asien fängt bei der Landstraße an, hätte Metternich gesagt, genauer Klemens Wenzel Nepomuk Lothar Graf und Fürst von Metternich-Winneburg zu Beilstein (1773–1859). – P.E. [Und natürlich sagte er das auf Deutsch, deshalb (auch im Folgenden) die Unterstreichung. – H.F.]

der weder Leopold noch Ferdinand hieß und dessen – deshalb? – Lippe nicht so herunterbaumelte, wie wir das zum Beispiel bei Velázquez' Infantas und Philipps bewundern können (an welchem Herunterbaumeln die Habsburger selbst im morgendlichen Nebel schon von weitem zu erkennen sind, die Pferde sind noch nicht zu sehen, aber bereits das nur schwer definierbare, leicht widerliche, nach außen gestülpte (?) Hängen), sondern sozusagen im Gegenteil, dessen Lippen sich zum Kussmund rundeten, kirschrot leuchteten, Ludwig III. also, der damalige niederländische Regent, ein großer Anhänger und Unterstützer Rubens (siehe das monumentale Fragment Prinz Ludwig isst zu Mittag), brach im Geheimen nach Ungarn auf. Er wünschte Pál Nyáry* zu treffen, der, so hatte man den hoheitlichen Herrn informiert, sich mit seiner Nation und dem Wiener Hof gleichermaßen verstand.

* Nicht identisch mit Pál Nyáry – P.E.

[vierte Seite]

Wir würden nicht länger zwischen diesen freundlichen mährischen Hügeln verweilen (die das an die Ebene gewöhnte ungarische Auge als Berge sieht, als unwirtliche Gipfel*), doch wir müssen die der Kutsche klandestin folgenden Reiter erwähnen. Kaiser Leopolds Auge sieht alles. (Wir wissen, auch das Gottes, doch dessen Belege für das Gesehene sind viel schlampiger, spielerischer. Das heißt barmherziger. Die Habsburger sind die besseren Bürokraten.)

Seinem rebellierenden, auf die Rebellion sich vorbereitenden, auf jeden Fall sich hin und her bewegenden Vetter schenkte er keine sonderliche Aufmerksamkeit. Als Halbwüchsige waren sie sich einmal auf der Beerdigung Ferdinands, Leopolds älteren Bruders, begegnet. Ludwigs weichliches, aber auffallend schönes Gesicht, dessen Züge

---

* Auch schon vor Petőfi! Selbstverständlich, würde ich hinzufügen, fasste der Dichter lediglich ein schon existierendes nationales Empfinden in einen Satz, ein Gedicht [Im Alföld in der Übersetzung von L. Landgraf – H. F.]. Ich glaube natürlich, dass es das auch umgekehrt gibt, das heißt, dass mit einem Satz die Wirklichkeit entsteht. Ich höre gleichsam den Spottchor der Zweifler. Aber denken wir nur an das Herz. Auch in dieser Geschichte wird es vorkommen – wenn ich es nicht vergesse –, dass jemand verwirrt und traurig sagen wird: Ich habe mich wieder in Sie verliebt – damit, ratzfatz, verliebt er sich wirklich wieder. Doch ich könnte auch ein anderes Beispiel bringen. Freilich, auch Gegenbeispiele. – P. E.

das gelbliche Flackern der Kerzen noch verschwommener machte, zeigte nichts, weswegen der Kaiser hätte auf der Hut sein müssen. Ja, seine Lippe baumelte nicht, doch das hatte seinen Preis: Er mochte die Macht eher, als dass er sie wollte; er wollte sie, aber so, es auf die leichte Schulter nehmend. Leopold war nichts geblieben, nur das All der Macht (und vielleicht die Liebe der italienischen Sprache, in ihr parlierte er am liebsten;* auch die Vorbereitung auf die geistliche Laufbahn hatte er für den Thron aufgeben müssen; wer italienisch spricht, ist dem Himmel näher, mit diesem angeblich von Kardinal Gazzetti stammenden Ausspruch tröstete er sich), er musste die Macht gar nicht wollen, er war mit ihr identisch. Demgegenüber ist der auf den Lebensgenuss gepfropfte Ehrgeiz wenig.

Auf jeden Fall hatte Leopold von der Zeit an, als der Sonnenkönig mit den Niederländern Frieden geschlossen hatte, ein Auge auf diesen. Ein Auge auf jeden, anders geht es nicht.

Wie gern wir es auch hätten, die vom Sattel wund gerittenen Gesäße der beiden der Kutsche folgenden Spione, der beiden beleidigten Wiener Beamten, lassen sich nicht in den Raum der europäischen Machtspiele einfügen. Bis Brno litten die beiden nämlichen Gesäße, dort übernahmen zwei neue Gesäße (fette Ärsche, aber das ist nicht von Bedeutung) die Verfolgung, und sie (die Spione und Schmerzen) schrieben einen Bericht.

Mit Gottes Hilfe, so machten sie sich gegenseitig Mut zum Schreiben. Sie blickten einander an, stießen ihre Weingläser

---

* Gonda/Niederhauser: *Die Habsburger,* 1983 – P. E.

gegeneinander und nickten: Selbst ein Stein würde sprechen, wenn man ihm die Zähne einschlägt. Das wiederholten sie zuweilen: Selbst ein Stein würde sprechen, wenn man ihm die Zähne einschlägt. Mit Gottes Hilfe.

[fünfte Seite]

Die Kutsche fährt mit mir dahin, in unendlicher Stille, als flöge sie. Ich habe keinen Diamanten, ich hauche die Glasscheibe an und schreibe mit meinem Finger in den feuchten Schleier: sich freuen. Es verschwindet ständig, die Kälte weht herein. Und dann erneut: Solange ich atmen kann und da drinnen Wärme ist, geht es auch.

Kutschengeruch; vor allem der von Leder und Holz. Nicht Holz, vielmehr das, womit das Holz behandelt wurde, wasserabweisendes Öl, Lasur, etwas Ruhiges, Schweres und Bitteres. Und der ewige, aber irgendwie ferne Geruch von Pferden. Die grimmige Kälte des Fensters an meinen Fingerkuppen. Als wäre ich selbst Glas. Und auch umgekehrt, was ich berühre, wird Glas und grimmige Kälte. Auch du, meine Liebe, Glas, grimmige Kälte. Und ein Stern! Ein Stern ist das Schreiben, ein Stern das Licht, ein Stern der Buchstaben schreibende Finger. Du bist aus Sternen, und ein Stern wirst du sein.*

Českomoravská vrchovina, flüstere ich in dem Dunkel. Es ist Nacht, es leuchtet der Mond, meine Lampe.

---

* Das lieferte die Idee für die, siehe da, Besternung der Fußnoten. Oben, unten, Himmel, Hölle, Stern, Fuß. Doch übertreiben wir es nicht. Meine Liebe. – P. E.

[sechste Seite]

BERICHT ZU HÄNDEN PRINZ VON CROŸ

Gnädiger Herr,
man hat uns nicht informiert, dass wir mit der Verfolgung einer Schweigekutsche beauftragt worden sind (bis Brno). Einer Schweigekutsche! Gleichwohl erbrachte die Aufklärung dessen wichtige Informationen.

Selbst ein Stein würde sprechen, wenn man ihm die Zähne einschlägt, so haben wir erfahren, dass die Kutsche in der Hietzinger Werkstatt von Meister Christoph Ransmayr* in Florisdorf gefertigt wurde. »Der Florisdorfer Zauberlehrling«, unter diesem Namen kennen ihn ganz sicher auch Eure Excellenz, so flog sein Name zum prächtigen Hof, zu den Schlössern, Burgen, Gutshöfen, und man nannte ihn schon Meister, Magister, Magister Christophorus, als die Zahl seiner Jahre die siebzehn noch nicht überschritten hatte. (Sicher, es waren auch nicht weniger, so schmunzelten die Eingeweihten.)

Wir haben erfahren, dass sein Vater, der Eigentümer der Werkstatt, von jedem nur Seppl genannt wird, Onkel Seppl. Auch das ist so schön und respektvoll wie Meister. Er versteht sich auf sein Fach, arbeitet zuverlässig, zu maßvollen Preisen,

---

* Christoph Ransmayr (1954–), österreichischer Schriftsteller; ein guter; zufällige Namensgleichheit – P. E.

wir würden ihn nicht mittelmäßig nennen, aber nichts Besonderes, er unterscheidet sich nicht von seinem Badener oder Neustädter Kollegen. Gut, aber der Junge ist ein Genie, ein Kutschengenie. (Wir haben auch erfahren, dass Onkel Seppl ein Verhältnis mit seiner Schwägerin hat, der blonden Margit, die nicht nur mit ihren Rundungen, sondern auch mit ihrer Kochkunst den ansonsten ein puritanisches Leben lebenden Mann verzaubert hat. Puritanisch minus volle Formen minus am Spieß gebratene Gans gefüllt mit in Butter gedünsteten Kastanien, duftenden, schmackhaften Kräutern, Gänseleber, Schweinefleisch, Knoblauch, Petersilie, Salz und Pfeffer.* – Wie wird man mittelmäßig?, so stellten wir uns an dieser Stelle die Frage, doch wir wünschen nicht, dass irgendjemand, Eure Excellenz eingerechnet, darauf antwortet …)

Wir haben erfahren (die diesbezüglichen Rechnungen hängen wir an), dass der kleine Christoph immer schon geschickt mit den in die Hände genommenen Gegenständen umging. Wie jedes Kind nahm er alles auseinander, er aber setzte es auch wieder zusammen. Mit Freuden lungerte er in der Werkstatt herum, beobachtete die Arbeit, mit einem Ernst, dass sein Vater es nicht übers Herz brachte, ihn anzuschreien, und die Gehilfen es nicht wagten.

Es herrschte Ordnung.

Laut unserer Quelle ging der kleine Junge schweigsam herum, mal stolperte er in der Vorbereitungswerkstatt durch

---

* Nach József C. Dobos, ungarischem Konditor und Koch, Erfinder der Dobostorte – P. E.

die bis über seine Knöchel reichenden Holzspäne und verschwand und tauchte in und aus einer Wolke nebelartig umherfliegenden Holzstaubes auf wie eine Erscheinung; dann wieder verfolgte er im Installierzimmer, beide Hände wie ein Erwachsener auf dem Rücken verschränkt, aufmerksam und streng, wer was machte.

Die Gehilfen hätten laut gelacht, hätten sie es gewagt, so grinsten sie nur still; das war sozusagen das Mindeste, so sehr verstanden sie den kleinen Mann nicht (denn Kind konnte man ihn nicht nennen, höchstens eine Art Kind). Auch seine Eltern verstanden nicht mehr. Geh spielen, sagte sein Vater sanft zu ihm. Aber das tue ich doch gerade, ich spiele. Erschrocken blickte Seppl Ransmayr den seltsamen Jungen, seinen Sohn, an.

Er spielte immer, in jedem Zeitblick*, auch anstatt zu lernen, auch anstatt der Arbeit, die Kinder üblicherweise erledigen, mit solcher Kraft und Entschlossenheit, dass die Eltern gleichsam vergaßen, Widerstand zu leisten, sie gebrauchten keine Erziehung genannten Brutalitäten, staunend betrachteten sie das zwischen den Wagen, Kutschen, Holzstapeln umherwirbelnde Kind, und allabendlich beteten sie für es um Segen, baten den Herrn, seinen schützenden Blick nicht von seinem fragilen Geschöpf abzuwenden, dem er vielleicht einen magereren Verstand hatte zuteilwerden lassen, dafür von einer kein Objekt findenden Leidenschaft freilich viel.

---

* Kazinczys [von Zesens – H. F.] Wort für Minute. Doch weder Berzsenyi [Goethe] noch die ungarische [deutsche] Sprache haben es übernommen (geschluckt?). – P. E.

Unser Prinz. Schwer ist uns der Kopf, und schwer fällt uns das Schreiben. Im Übrigen glauben wir, Eure Excellenz lesen unsere Berichte nicht. Das macht auch nichts, wir wissen, das Wesen des Berichts ist es nicht, gelesen, sondern geschrieben zu werden.

[siebente Seite]

Der Herrgott lässt sich schwerlich an der Zeit festmachen (festnageln*), jedenfalls hatte er einen großen, schwarzen Katzmann**, dessen kohlrabenschwarzes Fell flatterte mit großspurigem Stolz wie das eines Pferdes. Obwohl er ein Katzmann war, hieß er Gizi; einen göttlichen Scherz würde ich das nicht nennen. Seine Schönheit war so spektakulär, bezwingend, dass immer wieder Vorübergehende stehen blieben, ja, nicht selten um Eintritt in den Garten (?) baten, um ihn zu streicheln. Er konnte auch sprechen, aber das wurde von seiner Schönheit in den Schatten gestellt.

Auf den Herrgott jedenfalls warf diese Schönheit ein gutes Licht (lux oritur!).

Ich würde ihn nicht seinen Sprecher nennen, doch anstelle des heutzutage immer schweigsameren Herrn sprach

---

* In einem Buch über die (Familien-)Geschichte einer berühmten Schweizer Uhrenfabrik las ich von folgender verworfener Reklameidee: »Ans Kreuz ja, an den Sekundenzeiger nicht«. So wollten sie deutlich machen, dass die Zeit dem Menschen gehört, nicht Gott, selbst wenn der alles geschaffen hat. Doch dann trat man von der Kampagne zurück, nicht aus Angst, sagen sie, vielmehr weil das Ganze zu kompliziert wurde beziehungsweise laut Umfragen die Menschen, zumindest die Schweizer, gern glauben, dass die Zeit von Gott ist und sie, sei die Zeit aus den Fugen oder nicht, geboren wurden, das zurechtzurücken. – P.E.

** Ich würde es nicht (falls das möglich ist, dessen bin ich mir nicht sicher) als Bulgakow-Paraphrase betrachten. – P.E.

zumeist Gizi. Der Herr streichelte unterdessen träumend das schöne Fell.* Gizi erklärte faul, unter Schnurren, es sei nicht gesagt, dass das »sich freuen« die Welt zusammenhielte, doch dieser Imperativus, der den steifen Krampf löste oder gar nicht löste, eher noch sichtbarer machte, was so auch die Hoffnung ausdrückte, die Hoffnung der Hoffnungslosigkeit, dieser zeigte, wenn er durchaus geistreich sein wolle, eine Heiterkeit, zumindest aber Ruhe, die nicht mehr von den persönlichen Fällen abhinge, sondern aus der Welt an sich folgte.

Aus mir, brummte der Herr in seinen Bart.

Es wäre jedoch eine Dummheit, so fuhr Gizi mit kaum merklicher Gereiztheit fort, die immer wiederkehrenden »sich freuen« als Zufall zu betrachten.

Die Gereiztheit des Katzmanns übertrug sich auch auf den Herrn. Er hielt Gizi das Schnäuzchen zu. Missmutig drohend sagte er: Que la première invention de la parole ne vient pas des besoins, mais des passions.** (Sogleich lieferte er auch dessen ungarische Übersetzung, denn wenn die Erde Gottes Hut ist***, dann ist Ungarn der Strauß daran: weil die erste Erfindung der Sprache nicht in den Bedürfnissen, sondern in den Leidenschaften ihren Ursprung hat.)

---

* Wie in James-Bond-Filmen der Oberbösewicht, nur hier als Obergutes. Das ist mir in den Sinn gekommen. – P. E.

** Rousseau: *Essais sur l'origine des langues*; es ist der Titel des zweiten Kapitels. – P. E.

*** Sie ist es! – P. E. [Wie wir sehen, hat er auch die deutsche Übersetzung sogleich mitgeliefert. – H. F.]

[achte Seite]

Das bleibt unter uns.* Einmal kam der Verdacht auf, Gizi könnte schizophren sein. Ich, sprach die Katze, weiß nichts von einem anderen. Sie schnurrte, streckte sich, dann fügte sie hinzu: Freilich, jener andere, der weiß von mir.** Am ehesten war das Lächeln des Herrn furchteinflößend, während er den über die Bewusstseinsspaltung nachdenkenden Kater streichelte. Der lächelnde Herrgott ist gefährlich.

---

* Episode: ein lose mit der Haupthandlung verbundenes Ereignis, das aber den Charakter der Figuren von einer neuen Seite zeigt. *Lexikon der fremden Wörter und Begriffe* – P. E.

** Wo mag sie das gelesen haben? – P. E.

[neunte Seite]

Hier ist die Wendung, gnädiger Herr. Wir fassen zusammen. In der Schweigekutschen-Geschichte taucht Pál Nyáry auf. Zu dem der Hollandus eilt. Hollandus Habsburgus. (Dem wir bis Brno gefolgt sind.)* Und der selbst Schweigekutschen-Besitzer ist. Wir haben es herausgefunden. Wir lösen auf:

Im Hause Ransmayr hielten alle, Eltern, Dienstboten, Angestellte, Gäste, alle, den Jungen, der nicht wichtig war, für ein torfiges** Kind. Er zählte nicht, man musste ihn nicht einkalkulieren. Der alte Seppl liebte ihn erschrocken (und in seinem Schreck bohrte er den Kopf in die Brust seiner jungen Schwägerin – wir hoffen so sehr, wirklich so sehr, dass wir darauf noch zurückkommen!), seine Frau behütete, versorgte, hätschelte ihn erschrocken, die anderen pfiffen auf ihn; ohne

---

* Ich war überzeugt, der Bericht sei nicht abgeschickt worden, er ist nur eine Skizze. Dem scheint zu widersprechen, dass ich ein von Prinz von Croÿ geschriebenes Stück Papier gefunden habe, mit den zornigen Buchstaben: »Impertinencia! Man kann von Glück reden, dass nur bis Brno!« Daraus nun, aus dem »Man kann von Glück reden, dass nur bis Brno!«, wurde in der Steiermark, namentlich im Dreieck von Pöls, Zeltweg und Leoben, ein lokales Sprichwort. Es bedeutet beinahe das, was bei uns »Bei Mohács ging mehr verloren« bedeutet! – P.E.

** Ausdruck des Akademikers Tibor Erdős – P.E. [War es, bis ich es übersetzte. – H.F.]

sonderliche Gemütsbewegung, nicht freundlich, eher unaufmerksam: Wenn er zwischen den Füßen war, und er war den Füßen ständig im Weg, schoben sie ihn beiseite wie eine Puppe, sie stießen ihn nicht, schoben ihn, behutsam, um ihn nicht kaputt zu machen.

Alles änderte sich an dem Tag, als die leichte Kutsche des jungen Pál Nyáry mit großem Tamtam auf den Hof bog. Auf der Kutsche die auffallenden blauen und gelben Streifen und das einfache, stolze Wappen der Nyárys*: ein Buch und darin (!) ein Schwert, sanft, dennoch mit Kraft, als wäre es nur ein Lesezeichen. Die Familie hielt das Buch gern für die Bibel, das entsprach ihren katholischen politischen Interessen und ihren dem verlassenen Protestantismus entspringenden Minderwertigkeitsgefühlen. Der diese Gefühle verdeckenden Angeberei. Man nannte sie auch die Erzengel der Gegenreformation. Dann ist es vielleicht gar kein Schwert, sondern ein Flammenschwert!

Der hochtalentierte, hoffnungsfrohe, zu Großem berufene junge Mann eilte gerade in Miklós Zrínyis Lager, wir waren noch vor dem, um den weibisch-rührseligen Ausdruck unseres Informanten zu gebrauchen, noch vor dem schmachvoll genannten Frieden von Eisenburg**, unsere Hoffnungen stan-

---

* In grünem Feld tappt ein Bär und lügt ununterbrochen. (Kosztolányi) – P. E.

** 1666, leicht zu merken. [Verstehe ich nicht, wie wir wohl wissen, lautet das richtige Datum 1664. Was mag das sein, vielleicht ein Hinweis auf das komplizierte Verhältnis von Roman und Wirklichkeit? Oder soll ich es korrigieren? – H. F.] Das Schmachvolle führe ich jetzt nicht weiter aus. Dabei würde ich gern über

den noch, Zrínyis erstarkende Vorstellungen begnügten sich nicht mehr mit Sticheleien gegen das glorreiche Osmanische Reich, er strebte nach Größerem. Nicht höher, tiefer.*

Die Kutsche begleiteten vier »in Nyáry gekleidete« (die blauen und gelben Streifen, das Wappen) Heiducken, noch Páls Vater hatte sie in der Gegend angesiedelt, eine treue, wilde Truppe. Der Winter ging zu Ende, es taute schon, doch manchmal gab es noch Frost, wenn auch immer seltener, der Schlamm trocknete langsam. Der dünne Sonnenstrahl glänzte matt, aber verheißungsvoll auf Kutsche, Geschirr, Heiducken, in den Pfützen, den Augen. Auch heftige Windstöße kündigten den Umschwung des Wetters an; als die Kutsche Nyárys eintraf, erfasste den Hof gerade ein wirbelwindartiger Angriff, Sägespäne flogen wie Vögel oder eine »Parodie töd-

---

Montecuccoli herziehen. Den Keiler° bringe ich noch ein, so wahr mir Gott helfe! – P. E.

° Zrínyi wurde, bevor er seine bis dahin unerschütterliche Königstreue aufgeben und die entscheidenden Schritte in der vom Wohl des Vaterlandes befohlenen anderen Richtung hätte machen können, in seinem schönsten Mannesalter Opfer eines Jagdunfalls. Ein angeschossener Keiler riss an seinem Hals die Hauptschlagader auf. Er verblutete. Am 18. November 1664 verlor Ungarn dieses Universalgenie, der in sich all die glänzenden Tugenden eines Führers und Regierenden vereinte, die ihn würdig gemacht hätten, dass sein Kopf die Krone des heiligen Stephan ziert. (Ferenc Julier: Magyar hadvezérek [Ungarische Feldherren – H. F.])

* Meine eigene, ureigene (urungarische [tiefungarische, wie es original heißt; bei den Magyaren terminus technicus in Abgrenzung zu den Flachungarn – oder was? – H. F.]) Beobachtung – P. E.

licher Kugeln«*; und wie auf Kommando kippten die an der Wand lehnenden Besen, Rechen und dergleichen um.

Der Kutscher, ein altes treues Möbel, seit vierzig Jahren im Dienst der Familie (er hat auch einen Namen, doch ist es uns noch nicht gelungen, diesen in Erfahrung zu bringen,** unsere Quelle zuckt die Schultern, zuckt die noch immer schönen Schultern), zerrte hart an den Zügeln, die Kutsche stand noch nicht einmal, sicher, die Pferde schnaubten schon, da begann er schon zu rufen und anzuordnen in der blechernen, befehlenden Stimme, von der er dachte, es sei die Stimme des Herrn, die der Stärke und der Macht, und jetzt verkörpere er die Stimme, er sei Herr der Stimme des Herrn, er sei Stärke und Macht, wenn auch nur für diese paar Momente.

Dieses Gewicht jedoch, das er mit solcher Lust, unterwürfiger Demut und solchem Hochmut, fröhlich und mit einiger Erbarmungslosigkeit auf seine vielgereisten (?) Schultern nahm, fiel gleichsam sofort auf ihn zurück, und obwohl er es nicht unterdrückte, zwang er es, sehr still zu sein, gewissermaßen zu kuschen. Denn als der junge Herr das Geschrei hörte, sprang er aus der Kutsche und schnauzte seinen Diener an.

---

* Aus einem Interview mit Julio Cortázar, *Le Monde*, das ist sicher, doch wann genau, das finde ich nicht; Übersetzung von mir – P. E. [Na, von wem denn nun? – H. F.]

** Samu Keczer ist sein rechtschaffener Name, das war schon der Name seines Vaters gewesen, wie er auch der seines Sohnes (usw.) wurde, doch da er in unserer Geschichte nicht weiter vorkommt, habe ich es nicht als wichtig erachtet, das zu erwähnen. Wenngleich ich mir *jetzt* nicht mehr ganz sicher bin. Samu Keczer, der namenlose Kutscher. – P. E.

»Grüßen. Zuerst grüßen, und erst dann die Pferde, das Undsoweiter.«

Der ruhmreiche Spross der Nyárys sprach kraftvoll und grob (über die Höflichkeit), so wie zuvor der Kutscher, der zumindest hörte es so, deshalb konnte er selbst im auf ihm lastenden Kuschen denken, er habe eben gut gesprochen.

Wenn ein hoher Herr bittet, kann das zuweilen furchteinflößender sein, als wenn er brüllend Befehle erteilt. Pál Nyáry war ein hoher Herr, als solcher war er geboren worden, als noch solcherer würde er sterben. Selbst wenn wir von den gleichsam sprechenden Blauen und Gelben absähen, von dem erwähnten unsteten Tanz des Sonnenscheins auf Kutsche, Geschirr, Begleitern, schon der Schwung, wie die Kutsche auf den Hof gebogen war, Feuer und Elan, hatte gezeigt, der, der da ankam, war nicht irgendwer.

»Grüß Sie Gott, mein Herr Meister«, so begrüßte Nyáry den Hausherrn, als hätten sie fürwahr die Rollen getauscht*. Doch er wartete die Antwort nicht ab. »Mir scheint im

---

* Als hätten sie fürwahr. Als hätten sie sie fürwahr verwechselt. Als handelte es sich fürwahr um so eine aristokratische Bekloppt-heit, Achtlosigkeit wie zum Beispiel in den klassenkämpferischen, fröhlichen Filmen der fünfziger Jahre. Aus logischen Überlegungen muss ich das leider hier, in der Fußnote, schreiben, dabei nähme es sich im Haupttext besser aus: Nyárys Höflichkeit, seine hohe Galanterie mit dem Niedrigen funktionierten wie die Treppe auf Escher-Bildern: Du gehst mit ehrfürchtiger Höflichkeit hinab, und wenn du unten angekommen bist, bist du da ganz oben und blickst mit leicht müdem Vorwurf: auf die anderen. (János Megyiks Traumbeobachtung) – P. E.

Lauf der Räder ein Fehler zu sein. Als würde eine unsichtbare Hand unsere sonst so flinke Kutsche zurückziehen. Als steckte sie bis zur Achse in Honig ...« Dann fügte er lachend hinzu: »In türkischem Honig.«

Nyáry mochte die Wörter.

»Das ist Schlamm, mein guter Herr«, Meister Ransmayr nickte vorsichtig. Er verstand die Herrschaften nicht ganz. Er wusste nie, was der nächste Satz sein würde, womit er rechnen konnte. Er mochte nicht Wörter, er mochte Kutschen. Und der Schwägerin taunassen – doch das lassen wir jetzt. »Schlamm, ein anderes Problem ist nicht«, sagte er, nachdem er die Räder abgeklopft hatte. »Etwas anderes ist nicht zu sehen.«

»Dann schaue Er noch einmal, schaue Er nicht da, wo nichts ist, sondern da, wo etwas ist.«* Es sei denn, aus den Pferden sei die edle Kraft entwichen, was er nicht wirklich glaube.

Sie schauten, prüften, wimmelten um die Kutsche herum, sie fanden nichts. Christoph reichte die Radnabe bis zum Kopf. Er stand da und war still, starrte gebannt auf die Kutsche. Schlange-Vogel-pas-de-deux; nur ist noch nicht zu sehen, was was ist. Er neigte, wiegte den Kopf; als durchschaute er alles, als sähe er nicht auf den Wagen, sondern das Problem selbst, ein imaginärer Blick. Er stand mit einem Ernst, schaute, schaukelte hin und her, dass sein Vater und die Gehilfen, anstatt ihn wegzujagen, langsam mit ihrem ohnehin ziellos scheinenden geschäftigen Treiben aufhörten und immer gebannter auf den kleinen Jungen blickten.

Auch Nyáry.

---

* Das ist die Denkweise meines Vaters. Fast wortwörtlich. Sie ließen einen die Wände hochgehen. – P. E.

»Da!«, sagte das Kind schließlich. »Da muss es geschmiert werden.«

»Das machen wir auch«, der eine Gehilfe lachte, »wenn wir nicht wissen, was das Problem ist.«

Der Junge begann unzufrieden den Kopf zu schütteln, er kannte noch nicht die Wörter »Ursache« und »Wirkung«, deshalb stieß er nur hervor:

»Umgekehrt.«

Und er lief und holte die selbstgebaute kleine Kutsche, ein Modell sozusagen, und begann seinem Vater wie ein Meister seinem Gehilfen zu zeigen, was er wo und wie machen würde; die Schmierkappe*, die durch schlaue Dosierung verhindert, dass die Gegend um die Achse austrocknet, das war seine erste Neuerung. Die berühmteste wurde danach der Ransmayr-Riemen, die damit ausgestatteten Kutschen, die nämlichen Schweigekutschen, glitten auf den holprigen osteuropäischen Wegen wie auf Parkett. Nur das Knarren der Stiefel.

Gnädiger Herr. Das ist ein Zusammenhang. Damit es klar ist: Die Schweigekutschen-Besitzer, die sind eine Sekte. Wie die Jesuiten. Verzeihung. Damit es völlig klar ist: Einer hackt dem anderen kein Auge aus, um nichts in der Welt.

---

* Trabant-Besitzer mögen sich noch an die Institution der sogenannten Unterschmierung erinnern. Na, diese basierte im Wesentlichen auf dem Prinzip der Ransmayr'schen Schmierkappe. Ob sich die Zwickauer Hexenküche auf dieses alte Wissen gestützt hat, dafür habe ich keine Belege. – P. E.

[zehnte Seite]

damals noch Mädchen --- eher ein junger Hase --- ein Backfisch, an dessen Schenkelchen --- weder Schenkel noch Hintern, auch Brüstchen kaum, aber auf keinen Fall geeignet, um den Kopf hineinzubohren --- da an ihrem Schenkel blühte jener Sommersprossenstrauß, von dem wir Euer Gnaden mit umfangreicherer Begeisterung berichten würden und der jedes dort umherstreifende einsame Herz erbeben ließ; und wir haben endlich die diesbezüglichen Rechnungen angehängt, teurer Prinz, in Gold gesottener Oberstallmeister --- croÿ-croÿ, rufen nicht die verliebten Frösche einander so?, aber egal, Gevatter, Prosit --- was machst du da, du Schalmeientölpel, schreib das nicht --- aber das mache ich doch, ich schreibe nicht, ich schreibe, dass ich nicht schreibe, besser könnte ich nicht mehr nicht schreiben --- dass dich der matató ménkő* streichelte

* Altes, schönes [ungarisches – H.F.] Wort für Kugelblitz; ich habe es in einer Vorstellung des Nationaltheaters gehört, in dem von János Mohácsi inszenierten Stück *Wir leben nur einmal*. – P.E.

[elfte Seite]

»Ich kann überhaupt nichts dafür, dass Ihr Bruder Ihr Bruder ist.«

Baron von Heussen, Chef der Geheimpolizei (pro forma der Vizechef, doch jeder wusste, dass dem alten Prinzen Croÿ weder Lust noch Kraft noch Ruhmbegier geblieben waren, dieses hohe, aber düstere Amt zu bekleiden, und das war so gut für jeden, sowohl für den Kaiser als auch den schlappen inneren Feind), ging gereizt hinter seinem von Mappen, Berichten, Berichten von Berichten und Kommentaren zu diesen überfüllten Schreibtisch auf und ab.

Das saalgroße Zimmer zeigte Prinz Croÿs feinen, matten Geschmack. Es verging kein Augenblick, in dem dies den Baron nicht gereizt hätte.* Ein mit staubigen Mappen vollgestopftes, unfreundliches Büro hätte er als angemessen für seine Arbeit erachtet, eventuell mit einer kleinen alkovenartigen Einbuchtung anstelle irgendeines Bücherregals, wo einer ihrer dafür ausgebildeten Männer die als notwendig sich erweisende Folter (aber nur im äußersten Fall!) hätte ausführen können. Ungefähr da, wo jetzt die meterhohe chinesische

---

* Die Frischbarone, so hieß es damals in vornehmen Kreisen bezüglich der frisch erworbenen Titel. Logischerweise wurde der Ausdruck auch von Prinz Croÿ gebraucht, mag sein, eher als terminus technicus denn aus Spott. Ich halte es nicht für ausgeschlossen, dass über Temperament und Schönheitsauffassung hinaus auch das in die Antipathie des Barons hineinspielte. – P.E.

Vase stand. Und dann auch noch China. Selbst wenn es Meißner wäre!

»Herr Graf, Sie sind nicht in der Lage, an diesem Auftrag etwas auszusetzen. An diesem, ich muss es gar nicht sagen, Geheimauftrag. Wir rechnen nicht nur mit Ihrer Arbeit, sondern auch mit Ihrer Diskretion. Der Hof rechnet … Seien Sie ansonsten nicht wählerisch. Oder geben Sie weniger aus. Gehen Sie zu Fuß, oder wenn per Kutsche, dann nicht mit sechs Pferden, oder wenn mit sechs, dann seien Sie wenigstens Ihrer Frau Gemahlin treu, oder wenn nicht treu, dann führen Sie auf keinen Fall einen doppelten Haushalt. Und begnügen Sie sich mit den Weinen des Kaiserreichs*, mit den Binnenweinen, mein Freund, den Binnenweinen. Die sind keine Plörre, verziehen Sie nicht das Gesicht, sicher, auch kein Medoc oder was.«

Graf Henrik Schweidenfeldts** Blick fiel auf die chinesische Vase, um deren eleganten, schmalen Hals wie ein Schal ein üppiger Nutriapelz gerollt war.

»Sie sehen ganz richtig, mein Freund, Nutria, auch wenn unser Gespräch so auf ein Nebengleis rutscht.*** Nutriagehege, im an einen englischen Park erinnernden Garten Seiner

---

* Richtiger wäre gewesen zu sagen: des Kaiser- und Königreichs. Doch einerseits war er kein Weintrinker, andererseits nahm er Ungarn ausschließlich als zu lösendes Problem wahr. Stachel im Fleisch plus Grenzburgen usw. – P. E.

** Denn er war der »Gast«! – P. E.

*** So aber rutschte das Gespräch auf ein Nebengleis. Doch warten wir das Ende ab. – P. E.

Excellenz Croÿ gibt es einen kleinen Teich für Nutrias. Hey, stundenlang konnte ich ihnen zusehen. Was für lustige Zähne, mein Freund. Jetzt auf die Schnelle erinnere ich mich gar nicht, ob sie gelb waren oder blassrot. Man nennt sie auch Biberratten, das ist weniger begeisternd. Myocastor coypus, das ist wieder schön und vornehm. Ich merke an, und das beabsichtige ich natürlich nicht als Seitenhieb, glauben Sie mir, wir leiden keine Not an Informationen, nun, den Pelz, den Sie auf der Vase sehen können, oder einen ähnlichen trug oft die Edelfrau Zsófia Pázmándi. Wer erinnerte sich nicht an das blaubraune Flimmern um sie herum! Fragen Sie jedoch nicht, wie dieses Nutriastück hierhergekommen ist. Und auch wegzuschmeißen wage ich es nicht. Dabei stehe ich, was die Innenarchitektur angeht, nicht unter Aufsicht.«

Er blieb am Tisch stehen, wühlte in den Papieren.

»Huîtres. Und auch Austern müsste man nicht direkt aus Ostende bringen lassen. Vielleicht. Oder ich weiß nicht. Aber Sie verstehen mich, nehme ich an.«

Alles an Baron von Heussen war rund, sein Kopf, sein Bauch, seine Hände, vom Aussehen her war er ein Mann im besten Alter, eine Frohnatur und ein Genussmensch, doch in Wahrheit eine strenge, missmutige Figur, die außer ihrer Arbeit nichts interessierte.*

---

* Die Frauen, die Frauen interessierten ihn ein bisschen. Ich weiß nicht. Eher der Körper der Frauen, ihre Körperlichkeit. Oder ... ich glaube, eigentlich interessierte ihn nur das Ficken. Vor allem überwältigte ihn, dass jede anders war. Selbst wenn alles (und alle!) immer dasselbe ist. Das Gleiche. Also das ist ein Wunder, dieses tausendfache (1003, würde *ich* wichtigtuerisch hinzufügen)

Gleichsein. Wie die Büroangelegenheiten, gleichförmig, Wiederholungen, die Feigheiten, die Bestechlichkeiten, aber dann ähneln sie sich doch nicht. Er versuchte sie im Kopf zu behalten (das heißt die Ficks) ... es versteht sich nicht ganz von selbst, was exakt als das gilt ... Dafür fand er schließlich eine befriedigende, eine ihn befriedigende Lösung. – P. E.

[zwölfte Seite]

Schweidenfeldt hob den Kopf. Nun wirkte er irritierend größer als der Chef der Polizei; körperlich war er gleichsam dessen Gegenteil, eine hagere, sehnige Statur, nirgends irgendeine Weichheit, Knochen, Muskeln, gebrochene Züge. Langsam verzog er den Mund zu einem Lächeln.

Der Baron nickte.

»Ich verstehe. Ihr Lächeln sagt, Sie nehmen an, auch ich verstehe Sie. Dass ich über Sie dies und das weiß, und umgekehrt. Das ist möglich, doch mich lässt Ihr Wissen kalt, Sie aber begehen einen Fehler, wenn Sie mein Wissen nicht berücksichtigen. Über mich wissen alle alles. Wenn nicht von anderer Seite, dann von mir. Diesen Faden können Sie also loslassen. Dann sind wir uns einig. Behalten wir unser kleines Lamm im Auge. Er wird keinen Skandal riskieren. Und dann haben wir in der Burg ein Ohr. Ist das überhaupt eine Burg oder ein Schloss oder was?«

»Was. Aber diese Was verteidigen Wien!«

»Aber, Graf! Ich wusste gar nicht, dass Sie inzwischen Kurutze geworden sind.«

»Jeder Ungar …«

»Oje, nicht. Dass jeder Ungar ein bisschen Kurutze ist, nicht wahr? Mir würde schon reichen, mein Lieber, jeder Ungar wäre ein bisschen Ungar. Ich würde mich besser auskennen.« Er schloss die Mappen. »Möchten Sie mit mir Tee trinken? Vier Uhr.* Ich verstehe, wenn nicht.«**

* Der berühmte four o'clock tea. – P. E.

** Verschwinden Sie, Sie Gräfinhurensohn, oder ich zerschlage Ihnen die Eier und lasse Sie sie auch noch schlucken, was zum Henker bilden Sie sich ein, Sie Elender, glauben Sie, wir stehlen hier der Demokratie die teure Zeit!? – P. E.

[dreizehnte Seite]

Die Ungarn sind ein Stamm Babels geworden. Ihre Sprache ist verwirret. Aber nicht erhaben verwirret, als stockte und stotterte jemand forchtsam vor dem Blitz des Flammenschwerts des Herrn, den Herrn persönlich fürchtend und nichts weniger als das. Vielmehr wie das Kinde, das von seinem versoffen terriblen Vater verfluchet wurde und dem zeither das Wort im Mund zittert, es komme und komme nicht. Oder wie das Kinde, in das der Herr* nicht alles ordentlich gepackt hat, so dass sich in ihm das Wort mit einfältiger Serenität dreht, manchmal auch bloß die Buchstaben, die nebeneinander herumstehen, in richtiger Reihenfolge, dennoch stumm; sie klettern auf der zerfurchten Zunge herum, der eingedrückten Nasenwurzel, der in den inneren Augenwinkeln erscheinenden Mongolenfalte, die sogar die Tränenbucht verdecket, und unter dieser Falte blinzeln die Wimpern hervor, so dass einem schon auf den ersten Blick schwant, die Wege des Herrn sind unergründlich, und es kommt sogar vor, dass es keinen Weg gibt.

Oder wie der von der Zeit verknüppelte Mensch früher, den das eigene Leben hoch und runter jaget, ohne dass er

* Vergesslichkeit (Deismus?), Rache (Altes Testament?), Bosheit aus Selbstzweck beziehungsweise Neugier, Minderwertigkeitsgefühl (Atheismus? – der Atheismus des Herrn? ein interessanter Gedanke) – ich könnte den Grund nicht nennen. Die Wege des Herrn sind unergründlich, und es kommt sogar vor, dass es keinen Weg gibt. – P. E.

wüsste, wo oben und unten ist, ob er gerade in seine ferne Kindheit vertrieben wurde, oder, wenn es itzt ist, wo das Hier ist, wir uns gerade für das Mittagessen oder gegen den Pascha von Großwardein rüsten. Und da ein anderes Wort zu dem schwachen Hammelragout passt als zu den wild über uns hereinbrechenden Allah-Gläubigen, bleibt das Wort stets fremd, richtet sich mal nach den Hammelspecereien, mal nach dem tödlichen Bogen des Krummsäbels.

Indes es nicht ausgeschlossen ist, dass wir *in Wahrheit* unser nachmittägliches Nickerlein in der unentschlüsselbaren Bedrohung der duftenden, seidigen Kissen halten. So kreiset das arme ankerlose ungarische Wort, so dass der, der es hört, es zwar in jedem Augenblicke versteht, aber nicht versteht, was er eigentlich versteht.

[vierzehnte Seite]

Ich habe beschlossen, schon vergangenes Jahr*, kurze Sätze zu schreiben. Kurze ungarische Sätze. Subjekt, Prädikat, Objekt: Ich liebe meinen Vater. Meine Teilnahmslosigkeit verhülle ich durch gute Taten.

Auswertung: Seine Teilnahmslosigkeit verhüllt er durch gute Taten. Überprüfung läuft.

* Mitte des siebzehnten Jahrhunderts – P.E.

[fünfzehnte Seite]

Sich freuen, flüsterte Pál Nyáry vor sich hin, das hätte ich lernen müssen. Er trank mit Wasser verdünnten Wein, damit stillte er gern seinen Durst. Wenngleich er zu sagen pflegte, Wein ist nicht gegen Durst, Essen nicht gegen Hunger.* Es wurde Abend. Wie zwei Bänder, ein silbernes und ein grüngraues, verflochten sich unter, unter der Burg von Gedőcs, der Ipoly und der kleine, geschwind strömende Korpona. Sowohl Türken als auch Mücken begaben sich zur Ruhe.

Lehre mich, mich zu freuen, darum bat ich dich. Das ist lange her. Ich bat nicht um Reichtum, du gabst ihn, ich bat nicht um Ruhm, du gabst ihn. Also sprach ich: Herr, öffne meine Lippen, damit mein Mund dein Lob verkünde. Öffne mich ganz, meine Lippen, mein Herz, meinen Geist, damit meine Taten dein Lob verkünden. Mein Mund, mein Schweigen, meine Tat und meine Tatenlosigkeit, alles, alles.

Heute habe ich eine Katze getötet. Ich bin alt geworden, töte nur noch Katzen. Katzen, Mücken. Katzen, Mücken, Feinde. Katzen, Mücken, Feinde, Verräterfreunde. Ich wollte Gott sein ungeheures Dasein versüßen.**

---

* Französische Redewendung°, ich habe sie bei Rabelais gelesen. Gilt nicht bei Hungersnot. – P. E.

° keine französische Redewendung (der französische Übersetzer)

** Kleist: *Amphitryon*. Da die Übersetzung der Übersetzung das Original ist, gibt es hier keine Übersetzung, der Name des Übersetzers (András Forgách) und auch derjenigen (Ildikó Gáspár), die

[sechzehnte Seite]

Mihály Bárány* machte seinen üblichen nachmittäglichen Kontrollrundgang in der Burg von Gedőcs.**

---

die Textversion erstellte, entfällt. Eigentlich gibt es auch keine Fußnote. Eigentlich. – P.E.

* Sprechender Name, siehe [zwölfte Seite]: Baron von Heussen: »Behalten wir unser kleines Lamm im Auge. Er wird keinen Skandal riskieren. Und dann haben wir in der Burg ein Ohr. Ist das überhaupt eine Burg oder ein Schloss oder was?« – P.E. [Lamm auf Ungarisch = bárány. Das heißt, *auf Deutsch* ist Mihály Bárány überhaupt kein sprechender Name. Das Leben ist schwer. Besonders das des Übersetzers. – H.F.]

** Kurzer Satz. Der Satz »Ich liebe meinen Vater« ist noch kürzer. Wenngleich er in seinem Inhalt komplizierter ist, doch auch die Kontrolle, der Kontrollrundgang ist eine komplexe Aufgabe, gerade deshalb, weil nicht genau definiert ist, wohin, wie lange, wer, wann, wie viele. (»Wem, wohin, wozu.« *Harmonia Cælestis*) Und das, die Undefiniertheit oder Undefinierbarkeit, verbindet ihn wieder mit dem von mir erwähnten kurzen Satz. – P.E.

[siebzehnte Seite]

An einem gewöhnlichen Frühlingsnachmittag der Romanzeit, als die armen ungarischen Akazienhaine* am Ufer des Ipoly schon zu grünen begannen, doch die Frühlingshochwasser noch auf sich warten ließen, machte Mihály Bárány, ein Recke von achtundvierzig Jahren, dessen Schicksal und tägliche Taten nicht in die Höhe der Sterne, doch noch nicht einmal in die der Pappeln hinaufführten, die, als wäre es eine Heerschau, am Zusammenfluss der beiden Flüsse standen, in Habtachtstellung, stramm, erst im Mai »schneiten« sie freundlicher, die weißen Flocken flogen gar bis an den Rand der Burgmauer hinauf, doch zumeist fielen sie ins Wasser und reisten der großen Donau entgegen, überhaupt, diese »hinauf«-Dimension fehlte in seinem Leben, das in seiner Einfachheit, Grauheit nicht der Verlässlichkeit entbehrte, der rechtschaffenen Anstrengungen, für das Vaterland erzog er vier Kinder, zwei stattliche Jünglinge und zwei liebe Mädchen, Letztere glänzten mehr mit ihrer Charakterfestigkeit, demütigen Güte denn mit ihrer Schönheit, obgleich Évas kerzengerade Augenbrauen** und Márias keck kurze Blondheit den mitfühlenden Blicken hätten auffallen können, sei-

---

* Kosztolányi-Anspielung. – P.E.

** Weder Zwillinge noch entfernte Cousinen – seien die Augenbrauen jüngere und ältere Schwester. Das behauptet die Londoner Visagistin (Kosmeto-Gesichtlerin) Sharon Dowsett, die Chanel, Balenciaga und mehreren anderen großen Modehäusern als Beraterin Ratschläge gibt. – P.E.

ne erste Frau, die hochmütige Júlia Toporczai, mit der er sich wie Hund und Katze von früh bis abends und vom Sonnenuntergang bis zum Morgen heftig zerfleischt hatte, schon die stürmischen Liebesspiele der Anfangszeit waren eher Liebeszänke gewesen, mit Bissen, wollüstigen Schlägen, ein unentwirrbares Knäuel von Hass und Liebe, sie, vom schwarzen Tod dahingerafft, hatte er mit Anstand begraben und auch mit Blick auf den guten Ruf der Dame eifrig Trauer gemimt, und der seit seinem neunzehnten Lebensjahr als Krieger der vom Herrn Forgács geführten oberungarischen Truppen die Türken verheerte und vernichtete, wenn das der Befehl war, in den befehlslosen Pausen der fragilen Frieden mit ihnen klug Geschäfte machte, kurzum tat, was man tun musste und konnte, Mihály Bárány, ein Recke von achtundvierzig Jahren, machte seinen üblichen nachmittäglichen Kontrollrundgang in der Burg von Gedőcs.*

* Langer Satz. – P. E.

[achtzehnte Seite]

Der Legende nach war vor mehr als tausend Jahren an der Stelle der Burg ein Feengarten.* Die Fischer sahen oft die sich vergnügenden Feen, doch sobald sie dorthin ruderten, verschwanden die. Denn entgegen ihrer Erwartung, die sich von ihren Müttern und Großmüttern und deren Müttern durch eine lange Reihe von Fischergenerationen hindurch überliefert hatte, waren die Feen gramverdammte Gestalten und keine heiteren Seelen, für die sie die Volksmeinung hielt. Sie waren aber tolle Frauen, so Prachtmädel.**

Einmal fanden sie die Feen gutgelaunt (so ist die Melancholie: Höhen, Tiefen, wieder Tiefen), die sie zu ihrem Festmahl einluden und sie mit Tokajerwein bewirteten. Die Fischer klauten, um ihren Gefährten einen Beweis von der Feenbegegnung mitzubringen, den Feen die Goldbänder und -ketten. (Sie waren nicht von materiellen Gesichtspunkten getrieben, lediglich von der Legendenstricksehnsucht. Und um einen Beweis mitzubringen.) Von dem schweren Wein schliefen sie ein, und als sie am Morgen aufwachten, schaukelte ihr Boot auf der Theiß.*** Sie griffen sich in die Taschen und merkten erstaunt, dass ihre Taschen anstatt mit Gold mit Pferdehufen und Ziegenklauen vollgestopft waren. Seitdem geht

* György Illés: *Tündérkertek dicsérete* [Lob der Feengärten – H. F.], 1984 – P. E.

** Fahrdienstleiter Hubičkas Worte in dem Film *Liebe nach Fahrplan / Scharf beobachtete Züge* (Menzel, Hrabal) – P. E.

*** Verschreiber; auf der Donau. – P. E.

bei den Fischern des Ipoly (beziehungsweise des Korpona) die Redewendung um, »nicht einmal, was ich in der Tasche habe, ist sicher«.

Attila, der gefürchtete Hunnenkönig, der halb Ungar war oder ganz, ungewiß*, sprengte die Feengärten von Gedőcs eigenhändig – so glaubt man – in die Luft.

* Attila József-Fetzen – P. E. [und die Übersetzung von Stephan Hermlin – H. F.]

[neunzehnte Seite]

Die auf Pferden reitende Nation der Ungarn suchte – dazumal – nicht hinter starken Mauern Schutz, lieber vertraute sie auf die Klinge ihres Säbels, auf ihre schnellen Pfeile als auf Burgen. Sie lernte aus eigenem Schaden, wie viel die gute Burgmauer, der hohe Turm, der tiefe Halsgraben* wert sind. Lange Zeiten hindurch durfte ausschließlich der König

---

* Ich muss – einfache Geschichte! – die Zügel meiner Feder im Zaum halten, um nicht folgendermaßen fortzufahren: deep throat. Im Übrigen gibt es einen phänomenalen, wenngleich verständlicherweise heftige Diskussionen auslösenden und abendfüllenden Animationsfilm, in dem die heldenhaften Frauen von Eger den Türken, sozusagen, oral machtlos machen. Man kann mit dieser künstlerischen Auffassung nicht einverstanden sein, doch die patriotischen Intentionen sind eindeutig: Das türkische Heer scherte sich von der Burg fort. István Dobó, der heldenhafte Burghauptmann, schaute ihnen stolz und ein bisschen neidisch hinterher. Und was war die Belohnung für dieses sein heldenhaftes Standhalten? Die Prüfer der Wiener Hofkammer zogen den Preis des im Bestand fehlenden Weines von seinem Salär ab und wollten auf jeden Fall, dass er das Getreide der drei Weizenmieten säte, die von den Schanzen zugeschüttet worden waren und die man später auch fand. Die wiederaufgebaute Burg nahmen die Türken in sechs (!) Tagen ein. Nichts zu machen!, Dobó war nicht mehr der Hauptmann. Und auch die heldenhaften Frauen von Eger waren von feurigen jungen Frauen zu müden, missmutigen Großmüttern geworden. – P. E.

Burgen bauen; so eine königliche Burg war auch die Burg von Gedőcs. Gegen die Tataren schützten sie 1242 nicht ihre Mauern, sondern die von den Frühlingshochwassern angeschwollenen Sümpfe. (Daher immer wieder die vielen Mücken.) Die aus der Türkenzeit auch von Stichen bekannten gewaltigen Steinmauern ließ König Karl I. Robert bauen.

Die Burg entstand an einem der letzten südlichen Ausläufertore der Schemnitzer Berge; sie steht auf einer kleinen Felskuppe, vor den Burgmauern grub man einen tiefen Graben, in den man das Wasser des Korpona leitete.*

Nach der Niederlage bei Mohács, als János Szapolya zum König gekrönt wurde, bewahrte man hier ein Jahr lang die Krone auf.** Doch zuvor war die Burg noch das Lieblingsversteck von König Matthias, sowohl hinsichtlich seiner galanten als auch seiner Jagdabenteuer. In den Jahren des sechzehnten Jahrhunderts wechselte sie oft den Besitzer, war mal in türkischer, mal in ungarischer Hand, gehörte aber ab 1601 wieder den Ungarn***, doch dann wurde sie durch Verrat wieder von den Türken eingenommen. (Darauf kommen wir hier noch zurück.)

Gedőcs ist eher ein Burgschloss als eine unwirtliche Burg, das ist im Wesentlichen Pál Nyárys Verdienst, der in jeder Phase seines Lebens, als junger Mann, als bekannter Mann,

---

* Oder das des Ipoly. Oder da fließen beide schon ineinander und dann das von beiden. Das ist eine jahrhundertelange fröhliche, aber ernste Diskussion und Auseinandersetzung zwischen Großem Túr (Vel'ke Turovce) und Kleiner Tompa (Tupá). – P.E.

** Irrtum. Man bewahrte sie in Ipolybalog auf. – P.E.

*** Uns! – P.E.

in Niederlage und Sieg, das Leben immer als etwas Gutes betrachtete, als etwas Gutes* und Mannigfaltiges; um eine allgemein übliche Plattitüde zu gebrauchen: Er war ein Mann des »und« und nicht des »oder«. Auch der Kampf ist nicht nur Kampf, er ist auch Leben, sagte er, und schon waren wir bei den Vorspeisen.

Später verlor Gedőcs seine militärische Bedeutung völlig, jedoch, vermutlich von den hier zu erzählenden Geschichten nicht ganz unabhängig, umgab es eine eigentümliche Stimmung, das ungarische (als ungarisch zu bezeichnende) Temperament des Widerstandes, der Unabhängigkeit**,

---

* Ein hier nicht ganz passendes Wort. Eine auf die schirmende Liebe des Herrn vertrauende, den Herrn nicht fürchtende, aber die Liebe erwidernde Lebensfreude, die vielleicht – vielleicht – am offensichtlichsten bei der Liebe zu den Vorspeisen zu ertappen war. Im siebzehnten Jahrhundert gab es im Ipoly noch so viele Sternhausen wie Sand am Meer. Für den Belugastör gibt es keine Belege, dessen Rogen, so heißt es, sei der beste (er muss sich durch winzige Eier, eine schwarzbraune Farbe, eine ziemlich zähe Substanz und einen angenehmen säuerlichen Geschmack auszeichnen – lese ich im Dobos-Kochbuch). Der des Sternhausen ist milder, aber besser als der des Störs. Der Kaviar war zur Zeit Nyárys keine Seltenheit auf den Gedőcser Dejeuners. – P. E.

** Gerade damit im Zusammenhang schreibt meines Erachtens Krúdy: Herr Rezeda wohnte hier, in der Burg von Gedőcs, und nachts, wenn er auf dem Weg nach Hause war, begegnete er häufig den Königen, hohen Herren von einst, wie sie aus der Steinmauer heraustraten. Rezeda lüpfte, wie es sich gehört, den Hut vor dem Matthias im Studententalar, dem düsteren, schwarz-

so ist Maria Theresias damals große Bestürzung auslösende unerwartete Tat besser zu verstehen: Eigenhändig – so hieß es – sprengte sie die Burg in die Luft. (Erst der Attila, itzo die Tessa – Gedőcs zog gewissermaßen wie ein Magnet (!) die eigenhändigen Sprengungen an.) Es grenzt an ein Wunder, dass einige Häuser* relativ Glück hatten, dass sie nicht nur die Belagerung von 1687, sondern auch diese kapriziösen Attacken der Königin – schlecht und recht – überstanden.

Mihály Bárány inspizierte auf seinem Kontrollrundgang gerade eines dieser Häuser.

---

bärtigen Sigismund oder dem Hausherrn, Pál Nyáry, und stand so lange mit gesenktem Kopf neben der Bastion, bis der Geist, der aus dem Nebel des Herbsthimmels, dem Silber des blassen Mondes und dem dumpf widerhallenden Glockenschlag der alten Türme gewobene Schatten der Männer von einst an der Burgmauer entlang wieder irgendwohin verschwand ... – P. E.

* Baronin Beck brachte dem in der Nachbarschaft im Kerker sitzenden Kossuth jeden Tag ein paar Stück vom Kossuth-Kuchen. Während des Freiheitskampfes meldete sich der Konditor als Soldat, fiel in Gefangenschaft, kam dann ins Gefängnis. Ob ihm wohl jemand Kuchen gebracht hat? (nach György Illés) – Die Burg von Gedőcs ist wie das Herz: Hundert und Aberhundert pochende Adern gehen von ihr aus und umweben den Körper unserer Geschichte. – P. E.

[zwanzigste Seite]

An der Burg gab es immer etwas auszubessern. Der Türke wagte sich damals mit Kanonen nicht über Esztergom hinaus, er belagerte die Burg nicht, wollte sie nicht einnehmen; er war lästig. (Das war die Kampfmanier der ungarischen Grenzburgenrecken; mehr als hundert Jahre stand man einander gegenüber: Alles vermischte sich.) Wie ein Dieb schlich er sich an den Fuß der Burg heran, itzt gerade brannte das Schindeldach des Küchenhauses fast vollständig ab.

Bárány wusste nicht, sollte er stehen bleiben oder weitergehen. Sollte er so tun, als hätte er Zsigmond Kara, den jungen Koch, nicht gesehen? Zu spät, allein des Zitterns seiner Beine konnte er sich sicher sein.

»Nun, gourmandissime, ich sehe, du geruhst eine neue Backmethode zu finden. Von oben, behutsam, auf *ferner* Glut ...«

Der Koch antwortete nicht. Was soll das bedeuten? Vor wem paradiert dieser Mann? Wetzt er das Schwert, bittet um Frieden? Oder umgekehrt? Doch er nickte; nicht das erste Mal konnte er mit Báránys Humor nichts anfangen. Dem plötzlich schwindlig wurde, taumelnd machte er einen Schritt, sah noch den reglos dastehenden Kara, grüßte zurück, doch er wusste nicht mehr, wo er war und wer er war, als hätte man ihm, so erzählte er später, den Boden unter den Füßen weggezogen, er fiel und schwebte und zitterte gleichzeitig, sah eine in der Ferne sich verlierende Landschaft beziehungsweise die Ferne und sah die Nähe, die rußigen, schwarzen Balken, und da brach ein Schluchzen aus ihm heraus, ein wimmerndes

Weinen, vergeblich die Heerschar der Jahre, vergeblich der Heldenmut, er schniefte wie ein Kind vor sich hin, als weinte er den Schwindel aus sich heraus, ohne dass es ihm Erleichterung verschafft hätte. Im Gegenteil, es wurde immer schwerer, immer düsterer.

Er stand im nüchternen Schatten der Bastion. Der Ipoly floss und nahm den Korpona in sich auf. Wie seit Jahrhunderten. Die Pappeln bewachten den Fluss. Wie seit Jahrzehnten. Der hohe Herr Nyáry in seinem Lehnstuhl. Wie seit Jahren. Er sah sich von außen, den lächerlich zuckenden, massiven, schweren Männerkörper. Voller Scham versuchte er sich so zu drehen, dass sie ihn nicht sahen, weder Kara noch das Burgvolk noch von oben mein Herr Nyáry. Dann auf einmal verflüchtigte sich das Schamgefühl, es spielt keine Rolle, nichts spielt eine Rolle, wenn ich weine, dann weine ich halt. Nur dem Allmächtigen schulde ich Rechenschaft.

Damals war er noch nicht Graf Schweidenfeldt begegnet.* Dessen vergifteter Sprache.

---

* Und ob! – P. E.

[einundzwanzigste Seite]

Zsigmond Kara beobachtete von weitem – gar nicht Bárány, eher den Körper, den unsicheren, mal taumelnden, mal stockenden, lockend weichen und muskulösen Körper. Er empfand nur kalte Gereiztheit. Selbstvergessen rührte er in dem vor ihm stehenden Topf, er war voller Staub, Schutt. Daraus koch, wenn du kannst.* Dann schrieb er mit dem Holzlöffel in den Ruß auf dem Tisch: sich freuen. Bárány umarmte reglos eines der Kanonenrohre. Er weinte erneut. Der Koch sprach das hingeschriebene Wort laut, gleichmütig aus.

»Sich freuen.«

---

* *Daraus* kann man natürlich nicht. Doch es kommt vor, wenn Zeit, Geschichte, Schicksal des Vaterlandes, extremes Wetter und Laune der Auslosung es fügen, dass man aus dem Nichts kochen muss. Große Köche und Mütter können das. Danach (?) – dann – wischen sie die fettigen Hände am langen Fell des Komondors ab. – P. E.

Heute habe ich eine Katze getötet. Ich bin alt geworden, töte nur noch Katzen. Eine kleine Katze, ein Kind, einen Säugling, sie hatte kaum begonnen zu leben. Was mag sie sehen? Alles. Ein rätselhaftes Wesen, sie hat sieben Leben. Oder neun. Welches war das? Zwei Dinge bindet man der Katze besser nicht an den Schwanz: einen Traum und einen Gedanken.

Ich sitze nachmittags gern in diesem großen, klobigen Lehnstuhl. Immer öfter, immer länger. Auch mein Vater hat darin gesessen. Damals ähnelte der Stuhl einem Thron. Jetzt mir, auch das ist schon etwas. Ich saß, ließ die Hände hängen. Und wenn die Katze sie berührte, streichelte ich sie. Zuweilen zerrt ein Krampf an meinen Beinen, an den vergreisten Drähten der Muskeln. Ein stärkerer Anfall ließ auch meine Hände zucken. Den Handteller, die Faust. Darin der Nacken der Katze. Der Nacken, das Genick.

Ich hörte das Knacken. Wie der dunkelgolden gebrannte Zucker, wenn der ungeduldige kleine Löffel ihn zerstößt. Die beiden Hinterläufe erlahmten. Sie weinte wie ein Mensch. Schlimm, das zu hören, doch ich empfand kein Mitleid. Ich ließ sie los.

Ich ließ sie fallen, als ginge sie mich nichts an. Lavabo inter innocéntes manus meas: et circúmdabo altáre tuum Domine.* In meiner Kindheit wollte ich Priester werden. Ich

---

* Inmitten von Unschuldigen will ich meine Hände waschen und Deinen Altar umgeben, o Herr. In dem Gebetbuch – genauer: *Missale Romanum* –, aus dem ich das abschreibe, sind zwei Wid-

las die Messe, ein Spiel nur, doch wie die ersten Christen im Geheimen. Mein Vater sprang mir wütend an die Kehle.

»Mein Herr Vater, ich spiele nicht im Scherz, sondern zuallererst im Ernst.«

»Das spielt keine Rolle, der gute Wille spielt keine Rolle. Der Herr ist nicht dein Bruderherz.«

---

mungen in gleicher Schrift: mit schwarzem Füller für Marcel von Mama, Nikolaus, 1932; mit blauem: für Péter von Großmutter, heiliger Stephan, 1959. Marcel, mit einem l! Eine neue Widmung wird es darin nicht mehr geben. – P.E.

[dreiundzwanzigste Seite]

Katze, hörst du mich?* Ich lebe nicht radikal genug. Ich lebe, als erwarte mich ewiges Dasein und nicht völlige Vernichtung. Das heißt, ich lebe in der Knechtschaft meiner Zukunft und nicht in der unendlichen Freiheit meiner Sterblichkeit.

Gott ist kein bequemer Begriff.

---

* Imre Kertész: *Galeerentagebuch* – P.E.

[vierundzwanzigste Seite]

Die kleine Katze zog die Beine hinter sich her, als wären es ihre Eingeweide. Wie ein Verwundeter in der Schlacht.* Sie stirbt, eine derart Verwundete stirbt. Unter Qualen. Ich weiß es. Ich habe es gesehen. Wäre in mir echtes Mitleid, schlüge ich sie tot. Katzen darf man totschlagen.** Man braucht da-

* Vielleicht bezieht sich das auf den »Ausbruch« von Neutra. Ein berühmter Fall, eigentlich wurde Zrínyi damals auf Pál Nyáry aufmerksam. (Familiär kannte er ihn seit dessen Kindheit; der kleine Bücherwurm Pál fiel dem berühmten Feldherrn schon damals auf, vor allem die Aufgeschlossenheit des Kleinen für die Mathesis. Er fand sogar Zeit für kleine spielerische Aufgaben; nehmen wir an, die Save fließt genauso schnell, wie das türkische Heer sich vorwärtsbewegt, welche Geschwindigkeit sich zu der des Pferdes von Montecuccoli verhält wie Ludwig, der Franzosenkönig, etc.) Nyáry erlitt auf dem Schenkel, der Hüfte eine schwere Verletzung. Eine Zeit lang – bei sich bietender Gelegenheit – zeigte er stolz den schwungvollen Schnitt in Form eines Halbmondes. Ein Engel hat ihn zugemessen, ein Engel Allahs. Und er grinste reizend. Das ist lange her. – P. E.

** Unter anderen auch Franz von Assisi sah das anders. Sicher, soweit ich weiß, konfrontierte er sich nicht mit der Tatsache, dass Katzen zuweilen Vögel fangen. Blutige Federn im Maul. Das, sagen wir, könnte man wissen. Aber nicht, und daher lässt sich das nicht nachträglich Assisi als Fehler anrechnen, was Harry Mulisch, mein holländischer Kollege, erzählt hat, dass ihre Katze regelmäßig die Tulpen auffraß. Blumen! – P. E.

für keine Erlaubnis. Für Menschen braucht man eine. Die des Gewissens, also deine Erlaubnis, allmächtiger Herrgott. Sie weint, weint wie ein Kind, weint. Aus ihrem Mäulchen fließt der Speichel. Erschlagen, mit einem harten Stück Holz, einem Knüppel, einer Schwertscheide, einem kleineren Balken, schlagen, schlagen. Bis sie sich nicht mehr bewegt. Sie darf sich nicht bewegen, das ist wichtig. Sie soll nicht leiden, das ist wichtig. Am Abend, dann sieht man es nicht. Die Trümmersonne in Wolken gehüllt. Kampf. Nur deine Sterne oben. Lichtsommersprossen, der Himmel ein behagliches Blinzeln.*

---

* Die Erde schluchzende Katzen. Aber ich möchte niemanden beeinflussen. – P.E. [Und ich kann nicht verschweigen, dass er hier János Arany zitiert. – H.F.]

[fünfundzwanzigste Seite]

Die Seite ist unlesbar. Unter der Unlesbarkeit stand (steht, wird) der folgende Text (stehen)*:

Die drei Einheiten von Ort, Zeit, Handlung: Wenn der Vorhang hochgeht, sehen wir, wenn auch nicht bestürzt, so doch mit der kribbelnden Aufregung und dem Missmut der Überraschung das siebzehnte Jahrhundert, das heißt, der Rücken der Pferde dampft, auf den eifrigen Degen blitzt das schwache Licht der weißen Mondsichel**, und der Herrgott lenkt noch die Welt.*** Das Bühnenbild zeigt das in drei Teile zerrissene Ungarn, als Einheit, in grellen Farben, im Maßstab 5:4, ent-

---

* Vielleicht hätte das in die Fußnote gemusst. Nur gab es keinen Haupttext, an den ich die Bemerkung hätte anhängen können. Jetzt ist es schon egal. – P.E.

** Dieser Tage las ich Ferenc Herczegs Roman *A fogyó hold* [*Abnehmender Mond* – H.F.]. Dieses Mondsichellicht stammt daher. Ebenso die Ausdrücke: »goldbestickter dunkelblauer Dolman«, »die Wahrheit wird früher oder später ans Licht kommen«, »Heckenrose, wilder Hopfen«, »Lénárt Vincsy« (Ferenc Herczegs großer Witz!), »Atlasjanker mit Blumenmuster«, »blaufüßiger Neutraer Würgfalke«, »der aufgehenden Sonne entgegenreiten«, »Fremdenführerspion im mit altem Fuchs gefütterten Wolfspelz«, »sowohl diesseits als auch jenseits des Schlagbaums«. – P.E.

*** Grenzfall; siehe zum Beispiel das vehemente und zu Genialität und Triumph gezwungene Wirken von Kardinal Péter Pázmány – P.E.

sprechend der heroischen Regieabsicht.* All das entspricht nicht ganz den vom Programmheft geweckten Erwartungen. Fast den gesamten riesigen Raum (praktisch das Karpatenbecken) nimmt Pál Nyáry ein, wie er in seinem großen, geschnitzten, klobigen Lehnstuhl sitzt, als säße er auf einem Thron. Er ist der Burghauptmann, auch wenn er melancholisch ist. Sein dunkelblauer Dolman ist goldbestickt. Sein Gesang ist ein echter Bass, wir verstehen auch gar nicht, was er singt, ein Glück, dass es Übertitel gibt.

NYÁRY (*grübelnd*) Sei gewiß: deine Sünde sucht dich heim – besonders, wenn du verheiratet bist und sie Bertha heißt.**

---

* Bei einem der Abstecher in die Provinz begannen wir, als der Vorhang hochging, statt mit Nyárys überwältigendem Bass mit dem Kreischen des Inspizienten, des Recken István Kovács. Theater der Hoffnung?! Was?! Ich polier dir die Fresse, du Schlampe ... Ungefähr so; und hier hielt man (genau gesagt, glaube ich, der – warum eigentlich? – dort herumlungernde Direktor des Kulturhauses) dem Inspizienten den Mund zu, der gerade seine Frau, Zsófia Pázmándi (oder die sie spielende Schauspielerin), dabei erwischt hatte, wie sie mit nicht wenig Geschick und Eifer versuchte, ihre Zunge im Mund von János Gellért zu platzieren. Bei den Vorstellungen in der Provinz goss sich Kovács meistens einen hinter die Binde, denn wegen der kleineren Bühnen schrumpfte logischerweise auch die Darstellung des Landes, und das schmerzte Kovács. Dann wuchs zwar der Sakralitätskoeffizient des Landes, doch der Inspizient pfiff im Wesentlichen auf die Sakralität. Er wusste nicht, dass dies keine Frage der Wahl ist. – P. E.

** D. H. Lawrence: *Lady Chatterley*. Wortwörtlich. – P. E.

Irgendwoher vom Schnürboden, meinetwegen von oben oder von Oben hört man die Stimme des bereits erwähnten Herrn.

HERR Ein Mann, der so singen kann, kann nicht ganz und gar schlecht sein.*

---

* Inspektor Columbo sagt das zu dem von Johnny Cash gespielten und so tatsächlich über eine fesselnde (zufälliges Wortspiel) Stimme verfügenden Mörder, dann nimmt er ihn natürlich fest. – P. E.

[sechsundzwanzigste Seite]

Das*

---

* Die Seite ist unlesbar. Unter der Unlesbarkeit steht etwas, doch es ist kaum lesbar. Da scheint zu stehen: Die Kutsche fährt mit mir dahin.
Dann: Mein Körper ist duselig. Als würde alles an mir blöde grinsen. Auch meine Ohren. Mein Schienbein, alles an mir. Ich gehe nicht ins Detail. Sei die Welt schamhaft.
Dann scheint da zu stehen: Die Rücken der Pferde dampfen, und der Herrgott lenkt die Welt. Die Grenzen meiner Welt sind die Grenzen der Heftwelt. So ein süßes Weh liegt auf mir, das Weh des Guten und das seiner Abwesenheit gleichermaßen, ich habe ein Verlangen, wie es nur der haben kann, der (noch) genau spürt, wie das Glück ist, nach dem er sich sehnt.
Dann: Ich weiß nicht, was mich betrübt, das eintönige Knallen der Pferdehufe oder eher die zur Reglosigkeit erstarrte Zeit, vulgo: das Schicksal meines Vaterlandes. Meine Liebe ist in dieser Betrübnis nicht zu deuten. Vergeblich beschönige ich es.
Dann scheint da zu stehen: Meine Schwachpunkte (Heiterkeit usw.) werden abgeklopft, mal feinfühliger, mal gefühlloser. Ich reite der aufgehenden Sonne entgegen. Ich wetteifere mit dem Ipoly. Wir kommen voran. – P. E. (?)

[siebenundzwanzigste Seite]

BERICHT FÜR ZU HÄNDEN
PRINZ VON CROŸ

Excellenz,
wir wissen, es ist nicht üblich und zeugt nicht von einer verfeinerten Seele, von Manieren schon gar nicht, dass wir ein paar Worte über uns fallenlassen müssen. Wir sind doch nicht in Brno geblieben, und nachdem wir überwunden hatten, von dessen ausführlicher Schilderung wir wirklich absehen, aber unsere einsame Arbeit bringt notwendig Pausen mit sich, die es doch am einfachsten ist in Wein und Schnaps zu tauchen. Und in Bier.

Siehe da, wir sind so viel getaucht, dass wir nicht einmal den Satz beendet haben. Also, nachdem wir überwunden hatten, was wir überwinden mussten, schwangen wir uns doch behänd auf unsere Rösser, um hier jetzt dichterisch zu erhöhen, dass wir uns auf unsere müden Gäule schleppten. Mille pardons, Prinz.

Zwar erst bei Pressburg, aber bei Pressburg holten wir die Schweigekutsche ein. Die dort vor dem Wirtshaus zum goldenen Kreuz stand. Der Rücken der Pferde dampfte noch, und wir hofften aufrichtigen Herzens, der Herr bringt die Welt in Ordnung – wenn Euer Gnaden verstehen, worauf wir (gezielt) abzielen.* Noch während wir am Ufer der March entlanggehuscht waren und das zunehmend sanftere Fallen der

* Ich denke, auf Kaiser Leopold. – P. E.

Abhänge der Kleinen Karpaten genossen hatten, war uns unser Anzug eingefallen. Gott sei Dank hatte der eine von uns* einen alten Festtagsrock mit Samtkragen, zwei weiße Krawatten und schwarze Handschuhe. Der andere zog seinen blauen Gehrock, eine Nankingweste und Kastorschuhe an. Und wir waren beide sehr erregt, als wir durch das Dorf Perény gingen, vorbei an Zsófia Pázmándis Schloss (ebenfalls eine Nyáry-Verbindung, gnädiger Herr!), und an der vor dem Gasthaus pausierenden Schweigekutsche ankamen.

Wir fassen das Wesentliche kurz zusammen: Der Empfang wird im Fugger-Haus stattfinden. Die geheimen Gesandten liefen schon kreuz und quer durcheinander. Es werden die Nádasdys, Wesselényis, Zrínyis kommen, das heißt, wen man nicht geköpft hat, wenn Euer Gnaden uns so viel Scherz gestatten. Und die Forgáchs und Batthányis und natürlich der hohe Herr und Oberkurutze Miklós Bercsényi. Über Pál Nyárys Ankunft gibt es keine Nachricht, derart sicher ist sein Kommen. Denn er wäre jener Emissär. Hier brennen alle im Fieber des Geheimnisses, alle sprechen davon. Wir müssen nicht einmal fragen. Die Ungarn sind langweilig. Egal, ob ihr Schnurrbart sich nach unten biegt oder steif emporragt. Und auch, wenn ihre Fresse nackt ist.

---

* Bouvard oder Pécuchet. – P.E. [die deutsche Übersetzung von Georg Goyert. – H.F.]

[achtundzwanzigste Seite]

(Fortsetzung)

Offensichtlich mit der Absicht, uns irrezuführen, hörten wir den hohen hollandicus Herrn ausschließlich in Küchenangelegenheiten sprechen. Das wäre die Verbindung zu Pál Nyáry? Er ließ die Gastwirte, Köche, Kochmägde der Gegend einbestellen. Er schließt mit ihnen Freundschaft. Er forciert spielerische Wettkämpfe: zum Beispiel, wer das beste pochierte Ei macht.

Prinz Ludwig isst viel.

Gnädiger Herr, das ist aber nicht gestattet, uns zur Liederlichkeit zu verführen.

Nyárys Koch, ein gewisser Zsigmond Kara, ist aufgetaucht. Statt pochierten Eis machte er Käse-Zucchini-Bouletten.

Kabak Mücveri, sagte er stolz, und wir haben es sofort hier notiert. Entschuldigend fügte er noch hinzu: In Ermangelung von beyaz peynir habe ich, Verzeihung, hoher Herr, Feta verwendet.*

Wir verstehen kein Wort. Wir werden eine Kopie anfertigen.

---

* Aufgrund von István Váncsas Bemerkung – P. E.

Da die Wahrheit früher oder später ans Licht kommen wird, erzählt oder, besser, bekennt der Chronist schon jetzt, dass er durch Zsófia Pázmándis Person ein wenig vom Hauptstrang der Geschichte abweicht, und er ist sich nicht sicher, ob er schönen Herzens zu ihm zurückkehren wird, gestärkt und so stärkend, was er verlassen hat.

Zsófia Pázmándi gehört, was seelische Größe und patriotische Gefühle angeht, zum Vorzüglichen der großen ungarischen Frauen, der Dorottya Kanizsais, der Ilona Zrínyis. Mit ihrem Namen verbindet sich keine Heldentat. So hat es sich ergeben.* Ihren Namen umgibt nicht die Andacht der natio-

* Es gibt eine populäre, jedoch von vielen in Zweifel gezogene Theorie (Gyula Szekfű, Domokos Kosáry usw.), der zufolge die ungarische Geschichte auf dem sog. Stau-Prinzip basiert, genauer gesagt, die ungarische Zeit es ist, die regelmäßig verstopft, aufgeschoben wird, gleichsam stehenbleibt, doch zumindest sich anstaut und dabei den (falschen!) Eindruck erweckt, dass nichts geschieht. In der jüngeren Vergangenheit nannte man die Breschnew-Ära »die Jahre der Stagnation«, an diesen allgemein bekannten »Stau« können wir uns erinnern. (Jenő Szűcs' schon belustigte Frage und Forderung sind kein Zufall: »Meine Freunde, aber was sind diese Staus? Nennen wir sie beim Namen.« – Im Ungarischen bedeutet dasselbe Wort sowohl den Vorgang an sich (Stau) als auch den Gegenstand (Korken); das erschwert das Denken. Aber genau darum geht es ja, oder nicht?) – P. E.

nalen Erinnerung. Eine Rolle mag dabei die Lage des Schlosses von Perény gespielt haben, nahe Wien, nahe Pressburg, weder bei Wien noch bei Pressburg, aber auch nicht die Dramatik des Niemandslandes. Oder es ist nichts geschehen, oder von hier aus ist nicht zu sehen, dass etwas geschehen wäre.

An der Schlossmauer rankten Heckenrose und wilder Hopfen bis zum Fenster hinauf. Die hohe Herrin blickte stolz auf ihren Garten. In dem Garten befand sich ein kleines viereckiges Wasserbecken, aus dem Fische mit Silberharnisch nach goldenen Fliegen sprangen. Am Ufer lag, zwischen vielen Blumen, eine nackte Frau aus Stein (insgeheim nach ihr modelliert!), auf ihr balgten sich Kinder (hatte sie überhaupt Kinder? davon später!) und gossen das Wasser aus Mörsern. Da sprengten die beiden Spione (der Ton macht die Musik: die beiden Geheimgendarmen) an dem Schloss vorbei. Sie sahen das Schloss, das Schloss sah sie nicht. So geht das.*

* Vonnegut jr. – P.E.

Sie hörte ein Geräusch. Sie wandte sich vom Fenster ab. Sie mochte diese Bewegung, in solchen Momenten war ihr, als könnte sie direkt ins Himmelreich hineinsehen. Dort saß die lieblich lächelnde Madonna mit dem Jesuskind auf den Knien. Es war ein gemaltes Bild, das ein längst zu Staub gewordener Pázmándi aus der Stadt Rom mitgebracht hatte, als er seinerzeit den berühmten Tamás Bakócz zur Papstwahl begleitet hatte.

Das Heiligenbild hatte ein Florentiner Maler namens Lénárt Vincsy gemalt, den auch der König von Frankreich für sich hatte arbeiten lassen und der, so heißt es, in seiner Kunst geschickt war.

»Komme Er nur, habe Er keine Angst, im Anfang war der Anfang, nicht aber Hochwürden, gelobt sei Jesus Christus.«

Das war ihr Lieblingsausdruck, im Anfang war der Anfang, das heißt nicht das Wort, vielmehr die Stille. Zsófia Pázmándi liebte die Stille. Auch in der Musik liebte sie die Stille, das, was die Musik aus dem Lärm der Welt ausschwemmte. Auch das Beten mochte etwas in der Art sein.

»In Ewigkeit. Amen«, Péter Gerendás verbeugte sich in der Tür. Der fünfunddreißig Jahre zählende Mann hatte als Seminarist mit regelmäßigem Schwimmen* der Zierde der Schöpfung gedient, auf seinem ursprünglich dicklichen Oberkörper hatten sich auch daher Fettschichten abgelagert**,

* Im siebzehnten Jahrhundert? Das glaube ich kaum. – P.E.

** Die Pflicht- oder sog. Seehundeschicht, wie sie heutzutage un-

vielleicht auch Muskeln, von denen jetzt die an Recken erinnernde Teddybären-Breite der Schultern und des Rückens* geblieben waren. Er hatte abgenommen, das Gesicht war eingefallen, die Augen hatten das alte, kleine, liebe Leuchten verloren.

»Pater«, die Dame schüttelte den Kopf, »ich sehe Seinen welken Blick weder in Eintracht noch in Harmonie mit Seiner Berufung. Der Glaube ist in erster Linie heiter, falls Er das nicht weiß, mein lieber Freund.« Beinahe hätte sie gesagt, mein Kleiner. »Oder glaubt Er nicht an den himmlischen Herrn? Er wäre nicht der erste Schuster, dessen Schuhe Löcher haben. Erröte Er nicht. Immer errötet Er. Er ist doch ein Mann. Auch wenn Er davon nichts weiß. Komme Er nur näher, Er scheint vor mir Angst zu haben.«

Der Priester hob den Kopf.

»Ich habe keine Angst, meine Dame«, flüsterte er, und es schnürte ihm das Herz zusammen.

---

ter Wasserballspielern heißt (freundliche mündliche Mitteilung von Wasserballveteran Tamás Wiesner). – P. E.

* Darin ähnelte er Mihály Bárány. Daraus aber folgt nichts (für nichts). Nun, der Roman hat sich, siehe da, in zu vernachlässigenden Maßen verändert. – P. E.

[einunddreißigste Seite]

»Um Gottes willen, komme Er schon. Nannte ich den Namen Gottes eitel? Ich bitte nicht um Verzeihung. Beichten werde ich noch viel weniger bei Ihm. Ich sehe, Er lügt, Er hat Angst, ein bisschen Angst, und erröte Er nicht schon wieder, reden wir von etwas anderem. Sage Er mir lieber, ob man die verdammte Hexe ordentlich in die Erde gesteckt hat?«

»Meine Dame sprechen von Ihrer Mutter!«

»Scharfsinnige Beobachtung seitens des Klerus. Und hat Hochwürden daran etwas auszusetzen?«

»So darf man nicht von jemandem sprechen, dem wir das Leben verdanken.«

Zsófia Pázmándi hätte beinahe aufgelacht. Dem Diener Gottes aber fielen seine auf der Beerdigung gesagten Worte ein. Was für Plattitüden. Liebe Trauergemeinde. Sie sind nicht lieb, sie trauern nicht, sie sind keine Gemeinde, standen nur beieinander. Unsere himmlische Zukunft. In den Ohren das dumpfe Dröhnen der schweren Erdklumpen. Ich kann nicht beten und bete laut. Je weniger, desto lauter. Und frevlerisch versuche ich, andere dazu zu überreden. Stille.

»Stinkfaul.« Die Dame hatte das Wort beinahe lächelnd ausgesprochen und in der leidenschaftslosen Träumerei der Erinnerung eine kleine Pause hinter dem »stink« gemacht. »Hat Hochwürden sich die Grube gründlich angesehen? Hat man tief genug gegraben, hat man genug Erde darauf geworfen?« Die Fragen knallten gleichmütig.

»Es tut weh, dass es nicht weh tut«, dachte Gerendás und spannte die Rückenmuskeln an.

[zweiunddreißigste Seite]

Es tut weh, dass es nicht weh tut.* Daraufhin sagte der Herrgott zu Gerendás, als sie sich ein paar Jahrzehnte später trafen, warum er denke, dass er auf jeden Fall beim Schmerz herauskommen muss. Genauer gesagt, landen, so sagte er.**

»Sich ständig in Schmerz flüchten ... Als wäre das die Mitte der Schöpfung. Das nennt man, mein Sohn, Kitsch. Egal, jetzt ist es schon egal«, und sanft küsste er den glücklichen Gerendás auf den Mund.

* Wie oft, aber wie oft habe ich das schon empfunden. Und wenn es weh tut, dann tut das weh. Es gibt kein Entkommen, du blickst nach rechts, der Türke, du blickst nach links, der Österreicher. Wieder nach rechts, Kurutzen, wieder nach links, Labanzen. Hey, binär, binär, was ich gewiss selber wär'. – P. E.

** Gott und das Wort, davon ein andermal. – P. E.

»Sie ist gestorben, es tut mir nicht leid. Sie hat mich nicht geliebt, auch ich habe sie nicht geliebt.« Sie sagte diese Worte so ohne jedes Gewicht, als stammten sie aus einer bekannten Anekdote. »Als ich ein kleines Mädchen war, reichte mir das Haar bis zur Hüfte, wie ein Vorhang. Ein goldener Vorhang, um mich in das süße Gewand der Eitelkeit zu hüllen, Pater.«

»Die ist gefährlicher, meine Dame!«

»Davon vielleicht ein andermal. Und falle Er mir nicht ins Wort.«

»Den natürlichen Stolz verbindet die Brücke des Hochmuts mit der Eitelkeit.«

»Fürchterlich, predige Er nicht. Höre Er lieber zu. Dieses nahm meine Mutter, die Er heute schön tief vergraben ließ, begleitet von schönen Worten und stillen Pausen und in der Nase beißendem* Weihrauch, und an die sich, wenn alles gut geht und die unter der Herrschaft des Allmächtigen stehende Natur das Ihre tut, schon die Würmer herangemacht haben …«

»Nein, meine Dame. Wenn der Sarg bersten wird, dann.«

---

* Die Pázmándis waren berüchtigt hartnäckige Calvin-Gläubige, und Zsófia war zwar katholisiert (über die Gründe gibt es von Emma Iványi mehr als wertvolle *Geschichten*, schon frivole, die Grenze des Unanständigen streifende *Storys, Catalogus Librorum In Arce, et Bibliotheca Frakno repositorum*), doch zuweilen klebte sie am familiären Sprachgebrauch. – P. E.

»Sehr schön, das mag ich schon, dieser irdische Sinn für das Praktische. Besonders der Herr hasst den salbungsvollen Kitsch*, glaub Er mir. Also. Sie nahm und wickelte sich mein Haar um das Handgelenk und, mich derart an sich kettend, schlug sie meinen Kopf gegen die Wand.«

»Aber weswegen denn.« Wie ein erschrockenes Kind, so sah der Geistliche von Perény vor sich hin.

Die Frau hätte ihn fast gestreichelt, im letzten Augenblick zog sie die Hand zurück. Auch deshalb mochte ihre Stimme härter sein.

»Ist das nicht egal, Pater? Weswegen auch immer. Wegen irgendetwas und anstelle von etwas. Die Seelenforscher können es sagen. Doch nicht einmal ihre Seele interessiert mich. Wenn sie überhaupt eine hatte. Falle Hochwürden mir nicht ins Wort. Nichts hat die Stinkfaule gemacht, sie schlief bis Mittag, zog sich am Nachmittag an, ah, ihr Atlasjanker mit Blumenmuster!, und am Abend verschwand sie fröhlich mit meinem Vater. Und sie landeten im verfurzten Bett** meines Vaters.«

»Warum erzählen Sie mir das, meine Dame?«***

Zsófia Pázmándi winkte ab, als wäre er ein Kind.

»Als ich anfing zu bluten, hieß es, Schwangerkeit außer-

---

* Fürwahr. – P. E.

** Das scheint mir eine behutsame *Hamlet*-Anspielung zu sein. Man müsste den Stammbaum der Pázmándis besser kennen. – P. E.

*** Die Seifenoper-Version: »Weil ich von deinem Großvater rede, du Unglückseliger!« »Ich weiß, Mutter.« – P. E.

halb der Gebärmutter. Ich wurde von oben bis unten untersucht, die Beine gen Himmel, mein Dingchen auseinander, bis zum Rachen schauten alle hinein, die dort waren, sagen wir, die himmlischen Heerscharen, und es stellte sich heraus, dass alles in Ordnung ist, draußen ist, was nach draußen gehört, und drinnen, was nach drinnen, vorschriftsmäßige Schwangerkeit, und was soll mit dem Kind werden.«

»Ein Geschenk Gottes! Gott stelle einen solchen Gedanken bloß!«

»Bitte Hochwürden, das Maul zu halten. Was soll werden, fragte der Mann in Weiß, gar nicht mich, sondern das zwischen meinen Beinen, das, was ihn gerade ansah.«

»Bijoux«, das neckische Wort kam Péter Gerendás in den Sinn.

»Meine Mutter war Gift und Galle speiend dagegen. Aus Faulheit, auch mich hatte sie nur aus Faulheit geboren. Ja? Du bist dagegen? Dann behalte ich es.«

Der Priester schloss sich, ohne zu lächeln, dem triumphalen Lächeln der hohen Herrin an.

»Im Anfang war der Anfang.«*

---

* Dabei kennt er das Geheimnis nicht. Wenn es an mir liegt, wird er es auch nicht erfahren. – P.E.

[vierunddreißigste Seite]

»Soweit ich mich erinnere, begannen wir mit Schnecken, bunten Schnecken, so stand es auf der Karte wegen der aus der Kräuterbutter herausguckenden grünen Petersilienenden. Dem folgte die entschieden gewürzte (Muskatnuss!), dicke Zalaer Krebssuppe, die schönen, eine Spanne langen Krebspanzer schmückten, wie es sich gehörte, den Tisch. Gegrillte Gänseleber, mit einer Steinpilz-, Pfirsichscheibe geröstet. Eine kleine Pause, an die Weine erinnere ich mich nicht. Kalbsbries mit Salbei. Kuttelgulasch mit sämigem Hirn. Entenbrust, Spinat, Mais, getrocknete Tomaten, Demiglace. Käse. Crème brûlée mit Heidelbeeren.

Das war unser fünfzigster Geburtstag, meiner Dame Festtag. Auch Miklós Bercsényi war damals da.

Ich habe immer alles durchgegessen, nicht probiert, gegessen. Denn, meine Herren, sagte ich zu den Köchen, die Frage ist nicht, ob es lecker ist. Es ist einfach lecker. Noch nicht einmal, ob es schmeckt. Natürlich schmeckt es, haben doch die Herren alle den Dreh heraus. Aber alles ist vergeblich, wenn unsere Herrin nach den acht Gängen wie ein Elefant vom Tisch aufsteht, als wäre sie, um diesen Zwangsscherz zu machen, gesegneten Leibes. Also, Freunde, die Frage ist, ob dieses Viele leicht genug ist. Damit sie, kaum dass sie das Abendmahl beendet hat, in die Küche schleicht, um ein wenig von den Resten zu naschen.

›János, mache Er die Augen zu, ich tunke ein wenig.‹

Wenn ich die Augen schließe, sehe ich alles. Das heißt sie.«

János Gellért war aufrichtig gealtert. Was schön ist. Der Anblick haute die Welt nicht übers Ohr, er sah nicht jünger aus, als er war, aber auch nicht älter, so um die sechzig.*

Ihn langweilte schon jeder Teil seiner Arbeit, doch das war ihm nicht anzusehen, die Langeweile hatte ihn nicht gebeugt, die Jahre hatten den Körper nur langsamer, schwerer gemacht. Der Nacken war dicker geworden, das Haar dünner. Doch morgens standen sie ihm noch immer zu Berge. Seine Augenbrauen wie die Sträucher am Ufer der March, mit einem unerwartet sich hervorkräuselnden Haar, das er pedantisch mit einem bei den Türken gekauften Messer mit Beingriff zurechtstutzte. Die Klinge war so scharf, dass es ausreichte, dem Haar sich zu nähern, schon riss es in seiner Angst ab; so erzählte er. Doch die Augenbrauen zeigten auch Stärke, und auf dem Gesicht war nicht nur von der Vernichtung der Zeit die Rede (mit stotternden Worten), sondern auch von ihrer Ruhe (mit Pausen tiefer Stille zwischen den Worten).

Silbergepard, hatte ihm eine Frau einst zugeflüstert. Das ist eine frühere Geschichte, all seine Geschichten waren frühere, jetzt flüsterte ihm niemand mehr etwas zu.

Die Einsamkeit war an ihm das Älteste, zerschlissener, abgetragener, sauer schimmliger Kram.

---

* Vergessen wir nicht, im siebzehnten Jahrhundert galt das als viel, obgleich unser himmlischer Vater genauso gewissenhaft auf uns aufpasste wie jetzt – könnten wir mit Nietzsche sagen. Im Übrigen können wir es ruhig auch vergessen. – P. E.

[sechsunddreißigste Seite]

Ihn langweilte auch, was er früher gemocht hatte, zum Beispiel, seine Angestellten runterzuputzen. Er genoss nicht die Macht, vielmehr, dass er in der Schöpfung einen Fehler korrigierte. Eine Vase an ihren Platz stellen, eine Schürze neu bügeln lassen.* Mit dem Koch das tägliche Menü besprechen (diskutieren, widersprechen, verbessern, Ideen haben, brüllen, flüstern, lächeln) – auch das bereitete ihm keinen Funken Freude. Überhaupt: einen neuen Koch anlernen; der Dame Lieblingsspeisen (Wassertiere und Innereien), Tischmanieren (Schlecken, Naschen, Gieren, kurzum Leckermäulerei) – diese Dinge; auch das nicht mehr.

Die großen Speisenfolgen kannte er noch immer auswendig wie das Vaterunser.

Eines langweilte ihn nicht, er kündigte auch weiterhin gern die Gäste an.

---

* In Butler-Romanen sind die Engländer wirklich versiert. Wir sind steif, verstehen nichts von der Welt, doch in uns herrscht Ordnung, dass uns Hören und Sehen vergeht, wir halten uns von allem fern, von unserem Vater, unserer Haushälterin, schon unsere Sprache (unser Sprachgebrauch natürlich) ist, dass es nichts anderes gibt, nur diese Distanz. Dann kann man dennoch, und es schnürt einem das Herz zusammen, lesen, wie (der Satz geht hier in die verfilmte Version über) ... wie der Autobus der allerliebsten Emma Thompson hinter dem berühmten, jahrhundertealten englischen Nebelvorhang verschwindet. – P. E.

»Was ist geschehen, János?«, auch diesmal wandte sich Zsódia Pázmándi fragend Richtung Tür.

Gellért verbeugte sich wie ein Schauspieler. Nicht talentiert, aber brauchbar. Er will keine Hauptrolle spielen und wird es auch nicht. Er ist nicht unzufrieden und nicht zufrieden, er macht seine Arbeit und weiß, seine Arbeit ist: seine Arbeit.

»Ein Gast, meine Dame«, flüsterte er gekränkt. »Seinem Sohn und seiner Tochter ein zwar liebevoller, aber schlechter Vater, seinen eigenen Eltern ein undankbares Kind, seinem Vaterlande ein gleichgültiger Sohn, seinen Brüdern und seiner Schwester zärtlich ergeben, aber entrückt, seinen Freunden ein Egoist, in der Liebe träge, in der Klugheit dumm, mit der Macht passiv, mit der eigenen Seele ausweichend.«*

»Danke, János, ich verstehe. Also ist mein Mann hier. Es ist lange her, dass ich ihn sah.«

»Fürwahr,** meine Dame, Graf Schweidenfeldt ist eingetroffen.«

»Verleugne Er mich, mein alter Freund. Ich bin in Wien. Zur Karlsbader Bäderkur. Ich verhandele mit Thökölys Leu-

---

* Saul Bellow: *Herzog*. An zwei Stellen habe ich den ursprünglichen Text (besser gesagt Péter Balabáns [Walter Hasenclevers – H. F.] Übersetzung) verändert: statt »seinem Lande ein gleichgültiger Staatsbürger« schrieb ich um der historischen Genauigkeit willen »seinem Vaterland ein gleichgültiger Sohn« und [...]. – P. E. [Die zweite habe ich weggelassen. Einfach unübersetzbar. Es ist (war, wird) ein kleines, dunkles Geheimnis nicht nur dieser Übersetzung. – H. F.]

** Indeed??? – P. E.

ten. Nein, das doch nicht. Eher, dass ich gebäre. Zwillinge. Doch ich kann ihn nicht empfangen, ein Verhau wilder Tiger ist vor meinem Schlafzimmer.«

»So wird es sein, meine Dame.«

»János! So darf Er mich nicht ansehen, das haben wir schon besprochen.«

[siebenunddreißigste Seite]

»*Weiß mein Schwanz!** Haben Sie schon einmal darüber nachgedacht, mein liebes Fräulein, was für ein eminent ungarischer Satz das ist, wie durch und durch ungarisch? Gibt es noch eine Sprache auf dieser Welt, wo dieser Satz eine Bedeutung hat? Andere Sprachen scheinen nicht so ein Interesse für das *Wissen* des Schwanzes, cazzo, dick, verge, zu zeigen. Ich halte es nicht für ausgeschlossen, dass dieses Wissen existiert, nur, so scheint es, existiert es stumm.

Mein kleines Fräulein! Die saure Zeit des österreichischen Kaisers vergeht in den traurigen Wäldern stummer Schwänze.

Nicht so der Ungar! Wie viel schmerzliches Hinnehmen in Ausrufen, wie viel schmerzhaftes Wehklagen, aber auch wie viel keckes Achselzucken! Wie hängt das wohl mit dem in so vielen Niederlagen geborenen Sturm unserer ruhmreichen, doch von Schatten heimgesuchten Geschichte zusammen? Und mit der am Grund jeder Niederlage trotz allem sich verbergenden Hoffnung, dem potenziellen (?) Traum des ständigen Neubeginns? Dem ewigen Widerstand und zugleich der unvergänglichen und ungestillten Sehnsucht nach Ruhe. Lasst mich in Ruhe, sagt also diese ungarische Auflehnung, während sie sich nach nichts anderem sehnt als nach Berührung, Berührung, Berührung.

* Ich bitte das gebildete Publikum um Verzeihung; ich konnte nicht feststellen, wer spricht. Aber Gott verdamm mich, ich werde es herausfinden. – P. E.

Sagen Sie, mein Herzchen, ist das schon Verrat oder sind das lediglich die gewöhnlichen Selbstwidersprüche der Existenz? Das heißt ihre usuellen contradictiones?«

Auswertung (Ausschnitt)

... und nur insofern wertvoll, nur insofern also, dass es da ist, dass es geschrieben steht. Wir baten und bitten sine fine, mit guten Worten und ohne Worte, mit Kraft und Kraftlosigkeit, dass man es nicht braucht. Weder der Himmel noch die Hölle noch er noch wir. Höre er also mit der Recherche seiner Feder auf, nicht das bringt das Heil dieses von ihm selbst und anderen zerstückelten Landes voran. Nehme er lieber jene Feder in die Hand, als wäre sie das eben von ihm erwähnte Ding – wenn es überhaupt ein Ding ist und nicht vielmehr ein Lebewesen –, und wenn er schon etwas schweifen lassen will, dann nicht die Gedanken, sondern zuallererst die Hand, die die Feder packende fleißige Hand, und sei es bis zur Sehnenscheidenentzündung. Noch zur Information, dass wir Obiges nicht in konkreter Form zu ihm gesagt haben, zweckmäßiger und einfacher schien es, die bewährten Gemeinplätze zu gebrauchen, diese anzuwenden.

Die Anwendung: In der Nacht lassen wir deine Mutter bringen. Höflich. Nicht zu Fuß, nicht zu Pferde. Ein Auto schieben wir ihr unter den spindeldürren Hintern. Wir lassen deine Mutter bringen und stellen ihr Fragen. Willst du das? Keineswegs plumpe Fragen. Was macht die werte Gesundheit? Und die hartnäckige Podagra? Wir wissen es! Oder was ihre Meinung von dir ist. Aber jetzt ehrlich. Und ausführlich. Wenn sie nicht will, antwortet sie nicht. Eine Zeit lang. Denn das Land, die Nation hat doch auch Interessen, verflucht, nicht nur das verdammte liberale Ego. Willst du das? Gewiss wird sie es mehr oder weniger überstehen. Eine starke Frau, eine tapfere Familie. Es wäre enormes Pech,* eine Verkettung von Zufall und überschäumendem persönlichen Ehrgeiz, wenn doch nicht. Aber klage dich nicht an. Es ist mehr als verständlich, wenn du sauber bleiben willst. Auch wir würden es nicht anders machen, wäre es nicht, sozusagen, schon zu spät. Kusch, Huren**sohn. Halt die Fresse, schreib. Nur ruhig, die drei Einheiten von Ort, Handlung, Zeit. Wie am Himmel wandeln die Sterne.***

---

* Das uns lange schlug. – Auf der Tonbandaufnahme war es noch drauf, doch in der Niederschrift fehlt es. Ich denke, wegen des gewählten Synonyms Pech statt Unglück. – P. E.°

° Die Fußnote lassen wir weg. – Internationaler Verband der Übersetzer, Maiami (vagy Mamaia, der Stempel ist schwer leserlich)

** Nicht identisch mit der oben erwähnten Mutter. – P. E.

*** Und hier am Fuß. Zwei Seiten derselben Medaille. – P. E.

[neununddreißigste Seite]

Gevatter Croÿ,
es ist uns gelungen herauszufinden, während wir sozusagen in brennenden Dornenbüschen herumkrochen, dass der Herrgott Ferenc Kovács* heißt, vor allem aber, dass es gut ist, sich mit ihm zu unterhalten. (Beziehungsweise mit seiner Katze namens Gizi, denn die ist der große Wortvermehrer**, der Feri schaltet sich irgendwie immer weniger in die Konversationen ein.) Selten initiativ, doch wenn die Sache (das Gesums) zustande kommt, dann ist das Gute daran, dass es so einfach ist. Was ist denn das Einfache?, so stellten wir uns die Frage. Es können zum Beispiel kurze Sätze sein. Der kurze Satz ist laut Gizi »Vorbereitung auf ein Abenteuer, ein neues Leben«.*** Die Wörter sind (mit ihm, durch ihn, in ihm) konkreter. Das heißt unmittelbarer. Gott sagt etwas und ich weiß (!), dass es *tatsächlich so* geschehen ist. Und auch umgekehrt, wenn ich, dann er. Man muss nicht ständig an die im Nebel sich verlierenden, aber umso wirklicheren Grenzen der Sprache denken, und auch nicht daran, dass das Aussprechen sogleich das Ausgesprochene verändert (manchmal dermaßen,

---

* Einer der häufigsten ungarischen Namen. Ludwig Boltzmann hat darauf gestützt den heute fast schon vergessenen Begriff »Gott der Plebejer« entwickelt (München, 1971).

** Das ist meines Erachtens eine wenn auch ungenaue Anspielung auf Jesu wundersame Brotvermehrung (Matthäus 7,18–21). – P. E.

*** Mir schwant, Jacques Roubauds Ausdruck. – P. E.

dass es dieses geradewegs aufhebt*). So auch nicht daran, dass man in diesem Fall erneut etwas über den entstandenen Unterschied, den Rest, den Bedeutungsbodensatz sagen müsste, also kommentieren und kommentieren – was gerade auf die** Unmöglichkeit dieses Kommentierens, als solches, verweist.

Ach ja, Gott und das Wort – nun, das ist ein großes Thema. Ein Kapitel für sich, wenn wir schon so nah bei Wien sind. Aber haben wir nicht gerade aus dem Prinzenmund Euer Gnaden hören können: Ist Wien nah bei Wien? Dies berücksichtigend wissen wir wirklich nicht, wo in drei Deibels Namen wir itzt eigentlich sind.

Wir sitzen in seinem Garten, hören Feri zu. Und beobachten natürlich.

---

* Täppisch hebe ich die Zunge, als spräche ich seit Jahren nicht. Meine zerbissene, mit verhornten Narben zerfurchte Zunge liegt mir wie ein verrecktes, mumifizierendes Tier in der Mundhöhle. Péter Farkas: *Johanna*; nicht wortwörtlich. – P. E.

** – P. E.

[vierzigste Seite]

Noch nicht einmal Gizi, ausschließlich der Herrgott wusste, ob sich in Zsófia Pázmándis und Zsigmond Karas Gehirn in demselben Augenblick eine Zelle rührte, die erste Ankündigung des zukünftigen Gehirnknotens. Schwer, beim Herrn die Zeiten zu schätzen, das mag vor ungefähr zwei Jahren gewesen sein. Auch wuchsen sie gleichförmig, der Herr mochte die ziel- und grundlosen und vergeblichen Koinzidenzen. Inzwischen ist der Knubbel nussgroß.

Die beiden Menschen reagierten darauf ganz verschieden. Zsófia Pázmándi klagte über häufige Kopfschmerzen (»mein Kopf ist zerbrochen«) und erklärte es mit den Wechseljahren, damit, dass sie gerade die schöne Frauenlandschaft hinter sich ließ, in der sie mit Lust umhergeschweift war, mal spazierend, mal rennend und lachend, mal am Fuß der Schatten spendenden großen Bäume ruhend.

Zsigmond Kara wurde von Zeit zu Zeit schwindelig, ihm flimmerte es vor Augen, er sah statt eines Topfes zwei, statt zweier drei, statt dreier fünf, statt fünfer acht*, und währenddessen überflutete ihn ein unsäglich süßes Glücksgefühl. Er

---

* Wir sehen, es handelt sich um die Fibonacci-Folge. In einem solchen Moment sprechen die verknöcherten, halsstarrigen Atheisten (Verschreiber: Gläubigen) lachend vom Gottesbeweis. Ich kommentiere das nicht (ich möchte das weder dementieren noch bestätigen), und da habe ich von dem Verschreiber noch gar nicht gesprochen. – P. E.

fühlte sich buchstäblich wie im Himmel und glaubte sogar, ohne an den Tod denken zu müssen, er gelange tatsächlich bald dorthin. Erklären konnte er sich all das durch nichts.

[einundvierzigste Seite]

»Ich habe doch an den Herrgott geglaubt«, wird Zsigmond Kara Pál Nyáry* ins Ohr flüstern, wenn die junge Kerzenflamme seines von ewiger Sehnsucht erfüllten, leeren Lebens erlischt, »wie hätte ich sonst all das genießen können, was …«, doch er konnte es nicht mehr zu Ende sagen.**

---

* Verschreiber; Mihály Bárány°

° Verschreiber; Graf Schweidenfeldt◊

◊ Péter Gerendás, László Genzwein, Christoph Ransmayr, Ali, der Gärtner, Zsófia Pázmándi. (In Wahrheit ist Beylerbey Hassans Ohr die Lösung. Dort fand Kara ewige Ruhe. Ich hatte solche Ohren noch nicht gesehen! So große Ohrläppchen! Ich hatte entschieden das Gefühl, seine Ohren sind dick. Fett. Fett gewordene Beylerbey-Ohren – das ist doch etwas. Und dann wie ein leichter Frühlingsscherz die fröhlichen Haarbüschel hier und da! Ist das denn nicht zum Küssen?) – P. E.

** Der Satz, von dem mehrere Varianten bekannt sind (typisch, dass sie nicht alle Fragmente sind, das menschliche Gedächtnis ist nur noch so: Es strebt nach Vollständigkeit; der Torso ist die Freiheit und Kühnheit des Herrn), fällt meinem Riecher nach schon außerhalb unserer Geschichte, doch ich halte es für wichtig, dass wir von ihm wissen. Der Satz zeigt ohnehin eher die Heiterkeit eines Atheisten, auf keinen Fall ist er von der Todesangst diktiert, ist nicht der übliche »Transfer im letzten Augenblick«.

Die bedeutenderen Satzvarianten:

... sonst hätte mich der Reichtum an Vorspeisen nicht mit Heiterkeit und Ruhe erfüllt.

... sonst hätte ich ständig etwas Fürchterliches über die Welt, die Zukunft gedacht; ich aber dachte zumeist nichts.

... warum wäre ich sonst jeden Morgen aufgestanden, hätte mich jeden Tag an den Herd gestellt.

... warum hätte ich mich sonst über all das gefreut, über das man sich freuen kann.

... sonst wäre ich nicht nur nach dem Liebesakt, auch währenddessen und davor traurig (triste) gewesen.

... sonst gäbe es keinerlei Geschichte. – P. E.

(ein hierhergeratener Arbeitszettel)

»Komme, du Fotze, verdammtes, elendes, ungarisches Leben, komme, so viel kann man vielleicht erwarten, du aasiges Aas, du!«

»Fick mich, dann komme ich. Stampfst hier hinter meinem Arsch herum, stößt, kämpfst, drückst … Stöbern wir doch nach deinem so berühmten Schwanz.«*

Es kann noch eindeutiger sein, noch drastischer, das Bild aber muss unschuldig werden. Wie in den überkolorierten amerikanischen Familienfilmen der fünfziger Jahre. Alle sind rotwangig, als wären sie fieberrosig. Papa arbeitet, Mama kocht, Kind lernt, am Abend sehen sie zusammen fern. Im Grunde sind sie glücklich, die kleineren Probleme lösen sie zumeist, aber Papas Beförderung ist geplatzt und auch der Fußpilz erweist sich als hartnäckiger als vermutet, Mama hat die Erbsen verkocht und ihre Körbchengröße nennt sie jedem eine Nummer größer (B statt A, 85 statt 80), und das Kind hat in der Schule abgeschrieben und der Klassenlehrer hat plötzlich die Toilettentür geöffnet (klar, warum). Aber, Feri! Sie haben weder Leib** noch Seele, nur ihr vorbildliches Glück. Und eine Brise Vaterlandsliebe, des Geschmacks wegen.

---

* Zsigmond Móricz: *Siebenbürgen*, Manuskript, Ungarische Akademie der Wissenschaften, Handschriftensammlung, Ms. 5025/3 – P. E.

** Das widerspricht Fußpilz und Co. – P. E.

[dreiundvierzigste Seite]

Der Chronist muss mit einiger Überraschung konstatieren, dass zwar überall die geflügelte Zeit fliegt, im Roman, im Zimmer, auf der Straße, auf den Burgmauern, in den Blutrinnen der Schwerter, in den Töpfen und Öfen, in den heißen, gewürzten* Schößen der Frauen, noch hatte Zsófia Pázmándi den in der Tür wartenden Gellért nicht angesehen, noch hatte das zärtliche und gereizte Gefühl nicht ihr vom Knoten noch kaum verderbtes Gehirn durchzuckt wie immer, wenn sie diesen Mann, diesen sich, immer wieder, verbeugenden Mann ansah, da hatte der junge Imre Thököly Ilona Zrínyi schon ordentlich auf den Hintern geschlagen**, und auch Isaac Newton kam gut mit dem Schreiben der *Philosophiæ Naturalis Principia Mathematica* voran, ebenso, was die Erforschung der Gesetze der himmlischen Mechanik angeht, auf

* Bitte?! Muskatnuss oder was?! Ungarischer Paprika mit allen, aber wirklich allen Konsequenzen? Sei es *bzar*: eine libysche Gewürzmischung (zur Zeit des Romans ist Libyens damaliges Gebiet im Wesentlichen der Privatbesitz, das private Spielzeug des Großwesirs Kai): in gleicher Menge gemahlener schwarzer Pfeffer, Zimt, Nelken, Muskatnuss, Kurkuma, Ingwer und in kleinerer Menge Kreuzkümmel (István Váncsa: *Lakoma* [Festessen – H.F.]). – P.E.

** Gott sei Dank hat das keiner gesehen, nur die ungarische Literatur, also jeder. (Karinthy schrieb ausgehend von diesem Kurutzenerlebnis jenes berühmte, einem die Kehle zuschnürende Gedicht.) – P.E.

das Gravitationsgesetz war er schon gekommen, Nochs und Schons flatterten überall wie irgendwelche Jagdfalken* – Pál Nyáry aber, als wäre er ein altersschwacher Greis, der zwischen zwei Bewegungen steif stehend nicht weiß, wo er ist und zu welchem Ende, saß nur für sich hoch droben auf seiner Burg.

»Es ist schwer zu beten, mein Herr«, murmelte er der untergehenden Sonne zu. Wer schon einmal den Versuch gemacht hat, sagt: Es gibt keine größere Wonne auf Erden, als an einem Sommermorgen an der Seite der geliebten Frau der aufgehenden Sonne entgegenzureiten. Die Türken und die Mücken hatten sich schon zur Ruhe gelegt, angefüllt mit Met, Blut. Er beobachtete gern die Mücken auf seinem Arm,

---

* Die Zeit vergeht auch in Falken und Vergleichen, so dass diese Falken schon einige Jahre auf dem Buckel hatten. Aber Neutraer Würgfalken, und zwar blaufüßig, und es ist allgemein bekannt, dass der Neutraer Würgfalke höher und schneller fliegt, aber auch mutiger angreift als alle anderen Vögel auf der Welt. Sein Ruf ist am Hof des türkischen Kaisers ebenso hervorragend wie an dem des englischen Königs. Der englischen Königin. Und wir halten es nicht für einen Zufall, dass die linke Pobacke Zlatan Ibrahimović', des emblematischen Fußballspielers unserer Zeit, die bunte Tätowierung eines blaufüßigen Neutraer Würgfalken schmückt. Man kann es als historische Schnurre, Frotzelei der nie verleugneten Balkanherkunft betrachten, dass der starke Schnabel des Vogels gewissermaßen auf den Anus klopft. Der Interpretationsrahmen ist nur gültig, wenn wir wissen, dass der große Zlatan nicht nur ein großmäuliger Tölpel ist, sondern auch ein sensibler, genialer Spieler, sichtlich die Kreatur des Herrn. – P. E.

wie sie in seine Haut hineinstießen. Er sah, wie sich die Mücke mit Blut füllte, wie sie fett wurde – durch ihn. Als würde er jemanden füttern. Muttergefühle.*

»Mein Herr, die Seele in mir ist eingenickt.«

* Kurzer Satz. – P. E.

[vierundvierzigste Seite]

Zsigmond Karas Leben floss in großen Schlingen voran, das heißt, wenn wir zu wissen vermeinen, was hier die Gerade ist. (Der Herr hat unser Leben nicht anhand der Axiome des großen Euklid geplant. Man weiß nicht, wann die Kurve gerade ist und wann die Ebene gewölbt. Auch wann die Senkrechte waagerecht ist und umgekehrt, wird erst klar, wenn wir schon fallen. Im Prinzip können wir nach unten in den Himmel fallen, doch das ist der seltenere Fall.*)

Er war auf abenteuerliche Weise in Pál Nyárys Schloss gelangt. Pascha Kücsük Mehmed hatte sich wieder einmal mit György Lippay, dem Erzbischof von Esztergom, in die Wolle

---

* Der Herr hat dafür eine gute Redewendung, ich setze sie separat auf die nächste Seite. Das habe ich ihm nicht gesagt, aber das Problem mit der Welt hat da angefangen, als er ironisch wurde. Der Gott des Zorns ist alles, nur nicht bequem, aber man kann ihm folgen. Der Gott der Liebe ist alles, aber man kann ihm schwer folgen. Die Ironie hätte er uns lassen müssen, seinen Geschöpfen. Das ist das Problem mit dem Allwissen. Allerdings war es tierisch gut, herzergreifend, erhaben und nicht zuletzt tough, als er bemerkte: Und wer sagt, dass es mit der Welt ein Problem gibt? Sicher, danach nippte er wieder am Champagner, der die Ironie ist: Was für ein Problem? Das ist die beste aller existierenden Welten. Danke. Das habe schon ich gesagt, na, vielen Dank, das bringt mich echt weiter. (Nun, in Wahrheit sagte ich, zum Teufel, doch das war ein Fehler, den ich nun schlecht und recht ausgebügelt habe.) – P.E.

gekriegt (wenngleich sie ein unverbrüchliches brüderliches Vertrauen zueinander hegten, die zusammen verbrachte Zeit schweißt die Seelen zusammen*), so flammten auch am Ufer des Ipoly die Kämpfe wieder auf.

Nach einem zurückgeschlagenen Angriff gingen, angeführt von der Feldscherin Ilona Koller (Ärztin ihres Vertrauens der Nyárys), zwei Frauen, Kató Keleny und die Gattin János Basas, auf den sanften Abhang vor der Burg, die Verwundeten, Toten, das heißt die Unsrigen, einzusammeln.

»Tot oder lebendig«, so gab die Gattin Basas, die noch den alltäglichsten Satz wie eine Devise aussprach, die Devise aus. Gott segne dich mit allem Guten, mein lieber Freund. Oder: Guten Morgen. Sie ordneten auch schön die Leichen, als über die blassen Lippen des einen Toten blutblubbernd Worte herauspurzelten.

»Vater du unser, der du bist drinnen in den Wolken drinnen in blutigen Federfetzen, heilig seist du in deinem Namen.«

»Kató! Schau dir das an! Der Tote schwätzt!«**

---

* Auch Brüder sein ist keine Funktion mit einer Variablen! – P. E.

** »Die unermeßliche Wichtigkeit des Romans: als eines Prozesses, in dessen Verlauf der Mensch sein Leben zurückgewinnt. (...) Der einzig mögliche Gegenstand des Romans ist: die Rückeroberung, das Erlebnis des Lebens und daß wir davon erfüllt sind, einen einzigen weihevollen Augenblick lang, bevor wir vergehen.« Imre Kertész: *Galeerentagebuch* – P. E.

[fünfundvierzigste Seite]

»Doch wenn du Tod sagst, denkst du nicht an die Würmer, die unter der Erde von deinem Leib schmausen, sondern an das Himmelreich.«*

---

* »Der Schmerz wandert in dir wie eine Schande ... Du wirst ein wenig langsamer. Du ächzt. Pustest. Drehst du dich im Bett um, artet es in Arbeit aus. Der Kadaver in dir dreht sich mit. Indessen kreischen die Sandkörner in den Gelenken. Doch du hast keine Angst. Du hast dich damit abgefunden, weil du glaubst, es sei nur das Alter. Du genießt deine Großzügigkeit, es gefällt dir, daß die Zeit – auch durch dich – so verstreicht, und du akzeptierst, daß das einen Preis hat. Du siehst eine Ordnung und siehst deinen Platz darin. Das ist beruhigend, tatsächlich. Du fürchtest auch den Tod nicht, verscheuchst ihn nicht und kokettierst nicht mit dem Gedanken, daß du ewig lebst. Doch wenn du Tod sagst, denkst du nicht an die Würmer, die unter der Erde von deinem Leib schmausen, sondern an das Himmelreich.

Und da kommt es zu einer winzigen Änderung, der du keine Bedeutung zuschreibst. Das ist ein Fehler. Ein Fehler, aber ein unvermeidlicher.« – Und so weiter, das könnte noch so weitergehen, der Herr schämte sich nicht, diesen (schönen) Monolog im Laufe der Zeit auch mehrmals aufzusagen, er erzählte ihn mir, Nyáry und zum Beispiel Rubens, dem großen niederländischen Maler, Busenfreund unseres Ludwig III. Und natürlich auch Weibern. Um den Possen nicht schuldig zu bleiben: sowohl euklidischen als auch nichteuklidischen Weibern. Berlin Verlag, 2006 – P.E.

Tote herumschleppen ist unter der Herrschaft keines Königs eine fröhliche Sache. Doch wenn du ständig Tote herumschleppst, wenn das Teil deines Lebens wird, so wie morgens die Sonne aufgeht, dann nimmst du zumeist gar nicht wahr, dass du Tote herumschleppst, und auch die Sonne scheint so fröhlich, dass dein Herz jauchzt, als wärest du jung und hättest das geheimnisvolle, feine Leben vor dir. So ist das Herumschleppen beinahe wie Kohlrabi schälen. Oder Mohrrüben. Frauen schälen wütend Mohrrüben, haha!*

Sie legten den blutüberströmten jungen Mann, aus dem still die rosafarbenen Blutblasen blubberten, auf die Tragbahre, funkelnde Speichelkugeln und das vom Herrn gelehrte Gebet.**

»Vater du unser, der du bist drinnen in den Wolken drinnen in blutigen Federfetzen, heilig seist du in deinem Namen. Heilig sei es, Wille sei es, und kommen, kommen gewiss Reich auch. Kommen und gehen, ruhen wir uns ein bisschen aus. Weiter. Geben du Brot, gestern, heute, morgen. Und geben auch Vergebung für unsere Schuld und dann geben auch wir jedem Vergebung, der an uns schuldig wurde. Führen uns dagegen nicht hinein in die Versuchung hinein, sondern

---

* Retten wir, was zu retten ist: sei es eine Krúdy-Paraphrase! – P. E.

** Protestantischer Begriff; jetzt ist es schon egal. Übrigens genauer als die von den Katholiken gebrauchte »Oratio Dominica«. In Philologie sind sie besser, das ist Tatsachenfaktum. – P. E.

kratze das Böse von uns ab. Sei es so, und wieder ruhen wir uns kleines.«

Kató Keleny blieb stehen, dabei konnte man kein Wort verstehen, nur das Blubbern war zu hören. Der Herrgott versteht natürlich jede Form von Gebet, doch zuweilen kommt es doch vor, dass er sich darauf beruft, er habe nicht verstanden, nicht richtig gehört. »Mein Alter*, glaube mir, nur das Blubbern des Blutes ist rübergekommen.«

»Marika, wozu schleppen wir den hier herum? Es ist eh so gut wie kein Leben mehr in ihm. Er flattert gerade davon, Marika.«

»Manchmal flattern die überaus lange, Katóka.« Inzwischen hatten sie den Torturm erreicht. An verschiedenen Stellen des Torturms waren Schießscharten und größere Öffnungen, die sog. »Pechnasen«, platziert. »Und schleppen tun wir ihn, Katóka, weil er jung und schön ist. O mein Gott, wie schön!«

Hauptmann Mihály Bárány stand an einer der Schießscharten und beobachtete den Zug, die beiden Frauen und den auf der Bahre liegenden, vom Säbel fast zweigeteilten jungen Mann. Als Basas Gattin gesagt hatte, »jung und schön«, hatte er genickt, als wäre es zu ihm gesagt worden.** Wenn zwei Menschen einander begegnen, entscheidet sich innerhalb der ersten fünf Sekunden, was sie füreinander empfinden. (Pater Gerendás' Beobachtung)

---

* Mein lieber Freund. Erneut: Gott und das Wort ... Eine harte Nuss. – P.E.

** Zu seinem Herzen. Doch das ist stilistisch ein nicht vertretbarer Standpunkt. – P.E.

Eins, zwei, drei, vier, fünf, schon waren die Frauen über die Zugbrücke. Unter ihnen zog sich in drei bis vier Metern Tiefe die Wolfsgrube. Die im Boden eingegrabenen, angespitzten Pfähle starrten bedrohlich nach oben.* Vater unser, drinnen in den Wolken drinnen.

---

* Gen Himmel. Siehe die vorige Fußnote. – P. E.

[siebenundvierzigste Seite]

Zsigmond Kara war als Wickelkind vom Türken verschleppt worden. Sein Vater, István Kara, war ein Mann Thökölys und hatte als eine Art Kurier zwischen den Lagern gedient. Er brachte und nahm nicht nur Nachrichten mit, er war mehr als ein geheimer Bote; der geheime Bote ist mehr als ein geheimer Bote. Er war einer jener Fremdenführerspione im mit altem Fuchs gefütterten Wolfspelz, die überall zu Hause sind und für Geld jedem zur Verfügung stehen, dem Türken ebenso wie dem Ungarn. Sie sprechen jede Sprache, kennen jede Sitte, verkehren auf jedem Weg und können ihr Aussehen so ändern, dass selbst ihr Kamerad sie nicht mehr erkennt.

István Kara bekam vom Türken prunkvolle Waffen, einen mit funkelnden, bunten Edelsteinen* verzierten Yatagan und anderen orientalischen Kram (türkischen Honig, Datteln), von den Ungarn zumeist Essen (Hirtengulasch mit Kartoffelsterz) und stattliche Fässer Wein vom Fuß des Tokajer Gebirges.

Ein großes Reich, eine große Organisation, dennoch weiß die rechte Hand zuweilen nicht, was die linke tut.

---

* Falsche. Mit derart großem Wissen und großer List, die für das Handwerk von Leuten wie Kara nötig sind, kann man große Reiche regieren; aber sie brachten es nur so weit, dass sie sowohl diesseits als auch jenseits des Schlagbaums jeweils demjenigen dreißig Forint zahlten, der (beim kranken, schönen Licht des abnehmenden Mondes) so einen Fremdenführer totschlug. Zehn Forint mehr als für den Kopf eines gemeinen Strauchdiebs. – P. E.

[achtundvierzigste Seite]

Sie stießen nicht auf Widerstand, die kleine türkische Truppe rannte sozusagen nur so durch das Dorf hindurch. Die Bewohner hatten sich an dieses Kommen und Gehen gewöhnt und ertrugen das Durcheinander achtlos, oder dass jemand den jahrzehntelangen, unausgesprochenen, aber geübten Frieden brach, befremdete sie dermaßen, dass sie sich in ihrer Bestürzung nicht zu rühren vermochten.

Lediglich István Kara erhob das Wort.* Er konnte gut Türkisch, doch entweder war seine Aussprache an dem Tag zu ungarisch oder der Unglücksstern hatte eine Truppe mit einem seltenen Dialekt** hierhergespült, die dann, das Tempo ihres Laufs kaum ändernd, den vorlauten Mann beiseitespülte, Pferdehufe prasselten krachend auf seinen Schädel ein, außer ein paar allgemeine Allahu akbar war kein menschliches Wort zu hören, nur die Stille, die Pferde und dieses Krachen.

---

* »Jungs, auch ich wäre also ein Spitzel.« – P. E.

** Sprachgemeinschaft, nur das konnte ich hier (das heißt da oben) nicht schreiben. – P. E.

[neunundvierzigste Seite]

Zsigmond Karas leibliche Mutter, die heimlich Gedichte schrieb und noch heimlicher in jedermanns Heldenbarden, Bálint Balassi, verliebt war und deren türengroße Stickereien viel bewundert wurden, die schöne Hanna Orbán, stieß man mit einem im Haus gefundenen Schwert in den Hals, einem hübsch gearbeiteten türkischen Schwert, dessen Griff Saphiren ähnliche, funkelnde, bunte Edelsteine schmückten. Mit dem Körper schützte, bedeckte, versteckte sie ihr kleines Kind. Aus ihrer Kehle ergoss sich das Blut in einem dicken Strahl, beim Schweineschlachten kann man so etwas sehen. Das Blut spülte den Säugling gleichsam fort.*

Erstickend begann er zu plärren, brüllen,** man entdeckte ihn und nahm ihn mit, zunächst nach Pécsvárad, schließlich nach Stambul.

Hanna Orbán schien ihr Schicksal vorausgesehen zu haben, das sie niemals versäumte mit dem des Vaterlandes zu verknoten, dementsprechend wir folgendes Gedicht von ihr aufsagen können:

---

* Ein schönes, starkes Bild, ich sage es nicht, doch wenn ihr ganzes Blut herausfließt, sind das ungefähr fünf Liter, fünf Liter können nicht etwas davonspülen. Sei es eine sogenannte dichterische Übertreibung, Hyperbel, in Ordnung? – P.E.

** Kleine Kinder können nicht schluchzen. Väter können schluchzen, und Mütter. – P.E.

die Stille nur vom traurigen Herbstwind gebrochen die
Mauern nieder sind gerissen
ich weiß nicht was geschehen sein mag
mit meinem Vaterland dem schönen ungarischen
Land*

* Das Manuskript hat József Jankovics – überraschend – im Handschriftenarchiv von Eisenstadt entdeckt, siehe dazu: *Donau abwärts*, Residenz Verlag, 1992 – P. E.

[fünfzigste Seite]

Das Land in Fetzen. Aus dieser Himmelsgegend sogen gepuderte Ferdinands und dickbäuchige Leopolds das kühne und stolze Blut der Ungern, die österreichische doppelköpfige Adlerbestie verschlang die Kornspeicher, Speisekammern und Frauen.

Zerschmetterte unserem röchelnden Turul die Eier.*

Wie hinwiederum hätten die auf Allahs Glauben Vereidigten sunst mit den christlichen Hunden** umgehen sollen.

Ex occidente wurde dem Land genommen, ex oriente an ihm gerissen, und auch der Rest fand einen Besitzer, ihn rafften die ansässigen ungrischen Herren zusammen.

Ungar sein ist schwer, sagen – jauchzen und krächzen – die Ungarn, und auch das, dieses ständige Herbeten, erschwert das kühne und stolze Leben. Vielleicht erschreckt sie lediglich die eigene Leichtigkeit und deshalb laden sie Gewichte auf sich, zuallererst die närrische, von ihnen selbst*** gesponnene Schwere der Wörter.

---

* *Sammlung alter ungarischer Dichter, XVII. Jahrhundert,* Péter Beniczkys Gedicht aus dem *Szinnyey-Merse-Kodex* (Ende des Gesangs Nummer 65) – P. E.

** Mit uns. – P. E.

*** Von uns selbst. – P. E.

[einundfünfzigste Seite]

Dennoch geschah es, als die türkische Truppe zufällig durch jenes Dörfchen am Fuße des Mátra-Gebirges, Zsigmond Karas Geburtsdorf, fegte, das schwach gelbe Licht der Sonne färbte den vom Nebelschleier bedeckten Himmel schmutzig, dass außer den Kindern alle niedergemetzelt wurden. Um ein Asyl der Flüchtling zieht, doch der Säbel folgt ihm immer.[*] (Das würden wir zum Beispiel nur zögernd Degenfechten nennen. Mantel und Degen ist en garde und die drei Musketiere. Und Miklós Zrínyi. Und Cyrano de Bergerac. Eleganz, Schönheit, ein wenig, leichte Eitelkeit und moralische Siege. Und, nun, wir müssen auch darauf bestehen, dass bei Mantel und Degen doch der *andere* stirbt. Es gibt keinen Gesichtspunkt, der uns erlaubte, hier nachzugeben.)

Sie kamen unter der Führung von Bey Garics vom Szolnoker Fenn her. Der Bey hatte bei seiner Taufe den Namen János erhalten, doch sein erhabenes, lumpiges ungarisches Leben** hatte eine solche Wendung genommen, dass er Türke werden

---

[* Für den ungarischen Leser unverkennbar die Nationalhymne. Für den deutschen Übersetzer die leidige Suche nach dem Säbel (gelobt sei die Übersetzung von Adolf Buchheim und Oskar Falke!). Für den deutschen Leser, wir werden sehen. – H. F.]

** Korrektur: Lumpiges, armes ungarisches Leben. Armes, unglückseliges, vom Schicksal geplagtes, von Gott geschlagenes, mittelloses, elendes, jämmerliches, unglückliches, mutterloses, kümmerliches, dunkles, ödes, untröstliches, bitteres. – P. E.

musste. Wie auch die ganze Truppe – nun, sie waren Türken wie du und ich.*

Also als Einzelne Ungarn, als Truppe Türken.

Es ist typisch für das Chaos des Jahrhunderts, dass der Geistliche von Tiszadob sie, bevor sie in den Kampf gezogen waren, gesegnet hatte. Zunächst den Kopf, in dem der gottgefällige allgemeine Gedanke entstanden war, dann die Arme, die tapfer das Schwert führen, und schließlich die stattlichen Hoden, die den Samen in die Frauen des Feindes ergießen sollten. Er berührte die Fahnen mit segnenden Küssen, dann tätschelte er, gewissermaßen aus seiner Rolle tretend, als einfacher Patriot, die Schwänze der kleinen türkischen Pferde.

»Gute ungarische Pferde, jagt also dahin!«, rief er mit der größten Liebenswürdigkeit.

---

* Beachten wir im Fall der eventuellen türkischen Ausgabe die im Satz entstehende Irritation und den zweischneidigen Reichtum, den die eventuelle türkische Ausgabe, die türkische Lesart bereiten könnte.

Pál Nyáry wusste, dass sie schoss.

»Ich wusste, dass sie schoss, ich erkannte den aufschreienden, beinahe genüsslichen, gleichsam liebkosenden Ton der kleinen Pistole. Sie hatte sie in Pressburg von László Genzwein gekauft, auf meinen Rat hin. Kein Kuss, nur ein Küsschen auf die Wange, ein Bussi*, als würde sie mir ein Bussi auf den Brustkorb hauchen, lieb, unschuldig, so schoss sie mich nieder.

Die Kugel tanzte mir durch das schöne Herz.

Sie (die Kugel) brach mir durch das harte Herz.

Mein bitteres Herz umarmte die tödliche Eisenkugel.**

Ich war auf der Stelle mausetot.

So sagen wir das und wir sagen es richtig so, ad maiorem Dei gloriam, amen. Doch während wir es sagen, vergeht eine unendliche Zeit. Das Amen ist unendlich.

Zwischen den Tannen im Garten leuchtete der spätnachmittägliche, laue Sonnenschein, ich sah noch die beiden

---

* Schriftlich zuerst 1774: »der traurig plätschernde Bach verdoppelt mein Bussi«. Ich sage, so vergeht die Zeit, gleichsam in Schichten, wie Laufbänder verschiedener Geschwindigkeit nebeneinander – sogar innerhalb eines Satzes. Nur der Ochse ist konsequent. – P. E.

** Nun, das ist das Künstlerpech mit den toten Romanfiguren! Stilistisch nicht zu bändigen. (Nach Balzacs Idee beziehungsweise Lebenserfahrung.) – P. E.

Engel, als wären es Zwillinge,* der eine hakte sich bei mir unter, hob mich, mich unter den Armen fassend, an, so zärtlich hatte mich noch keiner berührt, begierig wünschte ich, dass er mich streichelt, und da stieß mir der andere mit der gleichen Hingabe und Natürlichkeit, mit puritanischer Brutalität die Beine weg. Die bekannte Aufstellung beim Verhör: good cop, bad cop. Wie die flaumige Pappelflocke, eine langsame Maischneeflocke fiel ich herab. Plötzlich aufprallend erreichte ich – ich weiß nicht, was ich erreichte. Das Jenseits, so heißt es, und so heißt es richtig, ad maiorem Dei gloriam. Gesichert ist der Fußboden, dort prallte ich auf. Oder der (ich!**), der mich spielte.«

---

* Wäre Nyáry unser Zeitgenosse, kämen ihm die Kessler-Zwillinge oder das doppelte Lottchen in den Sinn. Oder eine Teilmenge der Marx Brothers. – P. E.

** Nicht ich. – P. E.

[vorletzte Seite]

Das Gute oder, noch besser, Angenehme am Altwerden ist, dass nicht mehr du die Hauptrolle spielst, du musst kein Held mehr sein, kannst dein Leben in der Nebenrollenbesetzung spielen, trittst in der Applausfolge nach hinten, auf den Plakaten wird dein Name mit kleineren Buchstaben geschrieben, aber die Entlohnung geht noch immer an, ist auf jeden Fall akzeptabel. Dir bleibt mehr Zeit für kleine Spaziergänge am Nachmittag. Hinterher vielleicht ins Kino. Kaffee trinken, mit viel Milch. Oder zu Hause lesen. Die großen Romane wieder neu. Du bist allein, aber auch bisher warst du allein. Die Sonne sinkt zum Horizont herab wie eine schlechte Metapher, du siehst zwischen den zwei Tannen diese alltägliche Unsicherheit, die der Sonnenuntergang ist. Die Tannen schwanken im Wind wie unwillige, hochmütige Schlossdiener.

Du bist nicht glücklich wie früher, doch es gibt Ruhe. Sowohl um dich herum als auch in dir. Auf deinen Augen sind zwei Kupfermünzen, deine Tränen nicht zu sehen.*

---

* Mehrere Jahre vor seinem Tod, doch schon nach so mancher historischer Niederlage (an die Niederlagen wollte sich entweder keiner erinnern, oder man wollte sich nur an diese erinnern, man nahm sie also auf verschiedene Weisen nicht zur Kenntnis) nahm einmal nach einem gut gelungenen, in großartiger Stimmung verlaufenen, fiktiven sonntäglichen Mittagessen unser Vater unsere Hände in seine zitternden Hände. Obwohl sie zitterten, schienen sie doch stärker, männlicher. Eine klassische ödipale Konstruktion, aber das belastete uns nicht. Jedoch hatte er noch

nie, wirklich nie so unsere Hand genommen. In unserer Kindheit hatten wir seine genommen, das war gut.

»Ich muss euch etwas sagen, meine Söhne.«

Wir brachten kein Wort heraus. Er sah uns an, nicht unzufrieden, aber auch nicht zufrieden, eher staunend. Plötzlich lachte er auf.

»Ich kann euch nicht ganz ernst nehmen.«

»Auch wir uns selbst nicht«, sagten wir in unserer Verlegenheit.

»Nun, das ist ein alter Fehler.« Ihm war noch immer zum Lachen zumute.

»Was wünscht uns unser Vater zu sagen?«

Das Lächeln fiel von ihm ab.

»Nicht so wichtig«, er winkte ab. »Nicht mehr wichtig. Das Gute, wenn nicht gar Angenehme am Altwerden ist, dass nicht mehr du die Hauptrolle spielst. Dein Name wird auf den Plakaten mit immer kleineren Buchstaben geschrieben, und das bereitet dir unerwartet Freude. Dir bleibt mehr Zeit für kleine Spaziergänge am Nachmittag. Du selbst bist überrascht: Du bist glücklich. Glücklich wartest du, dass man die zwei Kupfermünzen auf deine Augen legt. Du wirst nie mehr weinen.«

»Wovon zum Teufel spricht unser Vater? Dass er glücklich ist? Nun, er lügt sogar jetzt noch. Was für Kupfermünzen? Sagen Sie, dass Sie unsere Mutter mit ihrer besten Freundin betrügen! Doch sagen Sie es nicht. Was haben wir mit Ihrem geheimen und geheimnisvollen Glück zu schaffen?«

Langsam ließ er unsere Hände los, sein Gesicht wurde grau.

»Warum wollt ihr mich umbringen? Einen Auftragsmörder anheuern für das Familiensilber, warum? Dummköpfe seid ihr. Warum wollt ihr mich nicht lieber kaufen? Vulgo bestechen? Wenigstens so erfolgversprechend.«

Wir schwiegen. Zwischen den Tannen im Garten leuchtete der spätnachmittägliche, laue Sonnenschein. Da spulten wir den Film zurück bis zu der Stelle, an der er sagt, er müsse uns etwas sagen. Was wohl. Schweig, du musst nichts sagen. Unterdessen sind auch wir alt geworden. Uns bleibt mehr Zeit für kleine Spaziergänge am Nachmittag. Wir sind nicht glücklich wie früher, doch es gibt Ruhe. Sowohl um uns herum als auch in uns. Noch eine Weile und auf unseren Augen zwei Kupfermünzen, unsere Tränen nicht zu sehen. – P. E.

[letzte Seite]

Unser Vater*, Pál Nyáry, hat in dieser Welt nichts hinterlassen (uns ausgenommen – Scherz!). Keiner stolperte ihm in die Erinnerung,** er hat es beendet wie die meisten Menschen: Als hätte er nicht gelebt.

Hingegen: Mehrere Jahre nach seinem Tod, nicht einmal an die endgültige Niederlage unseres Herrn Rákóczi erinnerte sich noch jemand, fanden wir in seinem abgetragenen Dolman (seinem abgewetzten Jackett), den wir aus sentimentalen Überlegungen sehr keck zwischen unsere gehängt hatten, ja, an manchen Tagen sogar für kurze Zeit selbst anzogen, meistens nur zu Hause, in den vier Wänden unserer Burgen, Schlösser, Eigentumswohnungen, wir erforschten uns vor unseren unendlichen Spiegeln, die uns vornehm zeigten, elegant, wir nahmen seine, die Eleganz unseres Vaters an, bekamen sie ausgeliehen, der Dolman aber erwies sich als unangenehm warm, irgendwie begannen wir sofort zu keuchen, schwer zu atmen, die ausgeliehene Eleganz wetzte sich auf der Stelle ab, in einer dieser Geheimtaschen also, die wir wegen des verschleißenden Samtfutters auf keinen Fall benutzt hätten, einen zerknitterten Zettel, wie eine Botschaft von jenseits des Todes, Paränese, Mahnung, Ermutigung, Ansporn, darauf das mit Bleistift geschriebene, schon leicht verschmierte Wort, die Aufforderung: Sich freuen.

---

* Pál Nyáry – P.E.

** Hey, das Stolpern an sich ist die Erinnerung! – P.E.

[nachletzte* Seite]

»Und wie urteilen Eure Eminenz über die weibliche Scham?«

»Gottesgabe, das sei schließlich nicht vergessen.** Doch wäre es eine Rüstung, die Schutz böte gegen die unzüchtigen oder zur Unzucht neigenden, dorthin sich sehnenden beziehungsweise neugierigen Blicke der Männer? Wäre es eine Mauer, an der der Angriff des Fleisches abprallte wie der heidnische Held an der Feste von Eger? Ist es nicht eher ein Spiel von Scham und Schamlosigkeit? Eine List, schlüpfriger und luftiger Wankelmut? Wenn eine Rüstung, dann voller Gucklöcher, wenn Mauer, dann samt Leitern, damit der lüsterne Dieb bequem ein und aus gehen kann. Die Scham ist Gottes schönes Augenzwinkern. Seine ernste Heiterkeit.«

»Der Glaube ist unter der linken Brustzitze,*** Eminenz.«

»Ego te absolvo a peccatis tuis in nomine Patris.«

---

* Uninterpretierbar. Gibt es nicht. Kindisch. – P. E.

** »Schließlich sei noch das eine nicht vergessen …« Gogols Wendung in den *Toten Seelen* – P. E.

*** Wittgenstein zitiert Luther im 589. Paragraphen seiner *Philosophischen Untersuchungen*. Die linke Zitze, wer hätte das gedacht!? – P. E.

[zweiundfünfzigste Seite]

Fast zwanzig Jahre nach* dem blutigen türkischen Angriff auf Zsigmond Karas Geburtsdorf sprachen die am Leben gebliebenen Kinder folgendermaßen:**

»Mein Vater war Bauer. Es kamen zwei Männer, der eine grüßte, gelobt sei Allahs Name, laudetur, der andere schlug meinem Vater mit einem Hieb den Kopf ab. Ich stand am Fenster, der Kopf rollte zur Tür. Ich betrachtete ihn. Er fehlt mir sehr. Es heißt, er war ein anständiger Mann. Auch ich denke das. Zweimal die Woche gehe ich auf den Friedhof, ich bringe keine Blumen, noch nie habe ich jemandem Blumen gebracht, ich bleibe stehen, senke den Kopf, weine nicht, gehe nach Hause.« (János Kézdi, 22)

»Nach dem Tod meines Vaters, über den ich fast nichts weiß (meine Mutter möchte nur über meinen lebenden – gelebt habenden – Vater sprechen), ich weiß nicht, ob er niedergestochen, erschossen oder erschlagen wurde, vielleicht, was nicht wahrscheinlich ist, wurde er vergiftet (dazu war keine Zeit, es muss ein schneller Dolch gewesen sein), ich weiß noch nicht einmal sicher, ob er umgebracht wurde, aber ich denke, ja, er starb, ist tot, lebt nicht, ist nicht da, jedenfalls, als meine Mutter und ich allein blieben, schliefen wir ein

---

* Das wäre in der Romanzeit die Gegenwart, doch ich glaube nicht, dass es eine Bedeutung hat. – P. E.

** Nach *Zeit-Magazin* – P. E.

paar Mal im Wald. In einer verlassenen Wildschweinmulde.* Wir hatten nichts zu essen. Dann gab mich meine Mutter ins Findelhaus der Nyárys. Dort bin ich auch geblieben. Meine Mutter besucht mich selten. Sie liegt meistens im Bett. Ich bin müde, mein Junge, sagt sie immer. Und dass ich meinem Vater ähnele. Wenn wir Wein trinken, sagt sie: Deine Schenkel ähneln den seinigen. Ich kann mir nicht vorstellen, wie mein Vater war. Ich habe sein geöffnetes Grab gesehen. Wenn er das ist, dann weiß ich, wie er jetzt ist. Weiße Knochen und dunkle, massige Unförmigkeit. Ich schaue mir meine Schenkel an.« (Gáspár Kas, 19)

»Vor dem Schlafengehen bete ich für meine Eltern. Man hat sie zusammengebunden und vom Felsen am Rande des Dorfes geworfen. Am Ende des Gebets sage ich nicht amen, sondern ich sage, warum. Ich verdinge mich als Waschfrau.« (Ibolya Veréb, 18)

»Mutter, schrie ich, Stille. Vater, schrie ich, Stille. Meine Großmutter nahm mich zu sich. Sie roch säuerlich. Der böse Herrgott hat mich sauer gemacht, sagte sie, und ich erschrak sehr. Der Herrgott kann nicht böse sein. Jeden Tag kontrolliere ich, wie ich rieche. Als meine Großmutter starb, kam ich ins Findelhaus der Nyárys. Mir erging es nicht schlecht, ich verstehe

---

* Jedes Wildschwein des siebzehnten Jahrhunderts ist des Mordes an Miklós Zrínyi verdächtig. Das ist ohne Zweifel ein Vorurteil, doch solange die Sache nicht geklärt ist, müssen erwähnte Wildschweine mit dieser Ungerechtigkeit leben. – P. E.

das Ganze nur nicht. Ich habe gesehen, wie ihnen das Blut aus dem Hals blubberte. Auch den Herrgott kann ich mir nur bluttriefend vorstellen. Das ist nicht gut. Und ich weiß nicht, wo sie begraben sind. Ich finde sie nicht. Ohne das Blut ist es, als lebten sie.« (Károly Fellner, 20)

[dreiundfünfzigste Seite]

Başlangıçta bir »bir kadın« Türkçe çevirisi bir parçası kopyalamak istedim ama kitabı bulamıyorum. Bu yüzden bu korkunç derleyiciler bastırın. Ben bu satırları aptal güzellik olduğunu biliyorum asla. Ayrıca sormak ya da Necla Cant, kapatmak, ama sonra karmaşık istemedim düşünülmektedir. Daha sonra basit sürüm. Belki bu lasse ich zurückübersetzen Google Macar.* (Zsigmond Kara, 19)

---

* Davon erlaube ich [auch ich – H. F.] nur so viel zu verstehen, wie Google zurückübersetzt: Ursprünglich eine »Frau« die türkische Übersetzung eines Teils, den Sie kopieren wollen, aber ich kann das Buch nicht zu finden. Also schieben wir diese schreckliche Compiler. Ich weiß nie, diese Zeilen ist dumm Schönheit. Auch fragen, oder Necla Cantu, in der Nähe, aber dann wollte ich nicht komplex betrachtet. Dann die einfache Version. Vielleicht lass ICH ungarischen zurückübersetz Google.

Ich zeige doch das Ursprüngliche: Ursprünglich wollte ich einen Teil aus der türkischen Übersetzung von »Eine Frau« hierher kopieren, aber ich finde das Buch nicht. Also gebe ich *dies* in das schreckliche Übersetzungsprogramm ein. Niemals werde ich die idiotische Schönheit dieser Zeilen erfahren. Ich habe auch daran gedacht, Necla oder Can zu bitten, es zu übersetzen, aber dann wollte ich es nicht kompliziert machen. Dann in der einfachen Variante. Eventuell lasse ich das noch von Google ins Ungarische zurückübersetzen. – P. E.

[vierundfünfzigste Seite]

»Meine Mutter ist tot. Es heißt, sie wurde geschändet und ist mit einem Fremden zwischen den Beinen gestorben. Mein Vater ist im Kerker. Warum, weiß ich nicht. Manchmal besuche ich ihn, doch ich frage ihn nicht, was er gemacht hat. Im Kopf ist er schon wunderlich, er springt, man kann ihm nicht folgen. Wenn ich gehe, winkt er, reißt sich das Hemd vom Leib und schreit: Siehst du? Sei unbesorgt, ich bin gesegnet! Ich bete viel zu Allah, aber ich kann niemanden um Rat bitten.«* (Zsuzsi Hámori, 19)

»Ich zerteile dich, kleiner schwarzer Teufel! Doch mein guter Vater sprang vor das Schwert. Über meinen guten Vater weiß ich alles von meiner Mutter, auch das. Und dass er in der Gegend als der beste Imker galt. Und trank. Und sich mit fremden Frauen vergnügte. Du kannst nicht besonders stolz auf deinen Vater sein, sagt meine Mutter immer. Ich glaube, sie hat recht, dennoch bin ich stolz auf meinen guten Vater. Dennoch würde ich gern mit ihm reden, Schwert, Bienen, Trinken, Frauen, Stolz, um ihn verstehen zu können.« (Ferkó Kerekes, 18)

---

* Aus dem Türkischen übersetzt; der Name spielt keine Rolle, es ist nicht von Belang, wer es ist. Ich habe auch so schon zu viel darüber geredet. Eine schöne Frau. Und auch klug. Und sie liebt mich. Und ich sie auch. Dann war es doch aus. Aber wenn ich sie bitte, hilft sie gern, doch ich bitte sie nicht gern. Nur spricht sie auf muttersprachlichem Niveau Türkisch. – P. E.

»Mein Vater war im Dorf geachtet, generell und weil er sich auf die Tiere verstand. Man sagte, er liebt die Tiere. Jetzt sagt man über ihn nichts. Mit einem Stein wurde ihm der Schädel eingeschlagen. Eine schwere Arbeit, sie erfordert Ausdauer oder große Geschicklichkeit und gute Vorbereitungen. Qualität und Größe des Steins sind wichtig. Und natürlich der Schwung, der vielleicht an erster Stelle. Ich habe das Knacken gehört, sagt meine Mutter, der ebenfalls der Schädel eingeschlagen wurde, aber nicht so sehr, sie ist am Leben geblieben. Sie stottert. Bekommt keine Arbeit, weil sie manchmal in Ohnmacht fällt, Schaum vor dem Mund hat und die Menschen sich vor dem Schaum ekeln. Sie haben auch Angst, denn er ist wie der von tollwütigen Hunden. Ich mag Süßigkeiten. Ich experimentiere mit Mandel und Haselnuss. Ich röste sie, mische sie mit Zucker, überzieh sie mit Schokolade. Ich probiere verschiedene Mischverhältnisse. Nyáry, mein Herr, ist gut, aber nicht genügend. Ich werde weit weg reisen. Weit weg.« (György Sellér, 23)

»Meine Mutter war mit mir schwanger, als sie vergewaltigt wurde. Doch ich erinnere mich nicht daran. Mein Vater wurde da ermordet. Auch daran erinnere ich mich nicht. Du willst nicht wissen, wie, sagt meine Mutter, die fromm geworden ist, zahm wie ein kleines Tier. Ich kann gut nähen. Ich gehe zu Leuten, doch der Wille ist gering. Ich vergesse alles, nur das Nähen nicht.« (Emmi Bodor, 18)

»Meine Mutter war mit mir schwanger, als sie vergewaltigt wurde. Sie starb, als ich geboren wurde. Sie liegt auf dem Friedhof, aber wo genau, weiß ich nicht. Was mit meinem

Vater geschehen ist, weiß ich nicht. Alle wurden umgebracht, so heißt es. Man kann nicht alle umbringen. Oder man kann es, aber dann weiß es keiner. Auf dem Friedhof wurden die Grabsteine ausgetauscht. Das Durcheinander ist groß, sage ich.« (János Bodor, 18)

»Ich denke nicht oft an meine Eltern, die ermordet wurden. Dennoch, wenn ich sehe, dass andere Mutter und Vater haben, und die meisten haben, dann spüre ich ein sehnsüchtiges Verlangen nach ihnen. Ich möchte ihnen in die Augen schauen. Ihre Augen, ja, ihr Blick fehlt mir am schmerzlichsten. Dass mich keiner ansieht. Wie ist es möglich, dass ein Mensch den anderen vernichtet?« (Antal Bolla, 21)

»Mein Vater wurde ertränkt. In der Suppe, er wurde im Suppenkessel ertränkt. Meine Mutter ist gestorben, als ich drei war. Der Herr Pfarrer hat sie gezeichnet. Auf dem Bild ist vor dem Kirschbaum auch der Kessel. Selten sehe ich mir das Bild an, weil ich in Tränen ausbreche. Jeden Tag bete ich mit meinen eigenen Worten und am Sonntag das Vaterunser, damit ich sie im Himmel wiedersehe. Deshalb bin ich gut.« (Béla Gádoros, 20)

[fünfundfünfzigste Seite]

Und vor allem, wenn jemand getötet wird, muss der wirklich tot sein.*

* J.G. Braine: *Writing a novel* – P.E.

[sechsundfünfzigste* Seite]

Die Ungern sind Fürsten des Augenblicks.** Das ist erhebend, auch exklusiv, aber es hat seinen Preis.

Sie haben keine Zukunft, alldieweil sie nicht an sie denken. Man calculiert nicht auf lange Sicht, itzt ging der Türke von hier fort, und schon verheeret er das Nachbardorf, treibt dessen restliche Schweine, nimmt die auf den Dachböden versteckten Güter mit, die guten Dinge, Mehl und Schinken, Schnaps und die geschmeidigen Jungfrauen. Morgen aber werden wir das Nachbardorf sein, des Nachbarn Nachbar, die Unbill fließt zurück wie Ochsenpisse.*** Doch was kann der

---

* Gute schlechte alte Zeiten! Als die 56 noch eine magische Zahl war (wegen 1956, falls es jemand nicht wissen sollte). Worüber man nicht sprechen konnte, darüber sprachen wir schweigend. Die Kádár-Ära pfiff auf den jungen Wittgenstein. In diese Seite hätten wir all unsere die Diktatur betreffenden Geheimnisse, unsere politischen Munkeleien verdichten können. Unser patriotisches Herzensbekenntnis. (Und es kann sogar sein, dass es jetzt auch so sein wird.) Breschnew hätte der türkische Sultan sein können, wir hätten gut gelacht. Das ist lange her. Doch es gibt auch ein »jetzt«. Wie der Dichter sagt: »das Problem ist, dass die Russen zwar gegangen, wir aber hiergeblieben sind«. Wir lachen gar nicht sehr. – P.E.

** Halte dich fern von Fürsten. Danilo Kiš: *Ratschläge für einen jungen Schriftsteller* – P.E.

*** Ich bin kein Experte par excellence für Landwirtschaft, also nicht sicher, ob man Kartoffeln vereinzelt und Mohrrüben schält,

Unger tun? Denn da ausschließlich Beschwer und Pläsir würklich sind, die man bis zu der Sonnen Niedergang verrichten kann (so lange kann einem der Kragen umgedreht werden, heißt es mit einiger historischer Erfahrnis bei den phlegmatischen Szeklern), ist das Hirn, das den Blick auf einen weiter entfernten Brennpunct richten würde, perplexus, könnte es doch ohnehin nur sehen, was nicht würklich ist, was schwerlich sein wird. Es ist ein Aberwitz, wach zu träumen.

Und ingleichen haben die Ungern keine Vergangenheit, gerade alldieweil sie stetsfort davon tönen, voll lauten Heldenmuts tönen und voll stiller Süße erzählen, jedennoch nicht aus der Vernunft heraus, sich und die Zeit kennenzulernen, die das Vergangene, das Gewesene, das Alte und also sie (die Ungern) formt, sondern um vom Schalle, der Musik der Vergangenheit einzuschlummern, mit unschuldiger Spucke im Mundwinkel, fürwahr wir kleine Kinder. Das ruhmreiche Ende ist auf diese Weise nicht Spiegel, sondern Schlafmohn, welchen Mohn jener Kindskopf (aus dem obigen Vergleich) durch ein winziges Leinensäckchen lutscht.

Was folgt aus alldem?

---

dennoch schwant mir, dass Ochsenpisse nicht zurück, sondern kreuz und quer fließt. Beziehungsweise, wie es die Redewendung will: So wenig wie in der Melone Ochsenpisse. Und wenn wir schon einmal dabei (lapforum.lap.hu) sind: Wie die Katze um die warme Maus herumschleichen. Nun, wenn ich jetzt an die Janitscharen denke, und was wäre an dieser Stelle naheliegender, als an die Janitscharen zu denken: sie gerade nicht! Sie schlichen um nichts herum, sie rückten durch Feuer und Wasser vor wie die Russen. – P. E.

Aus alldem folgt, dass sich diese von der nicht existierenden Vergangenheit und Zukunft beschwerte Gegenwart auf eine Weise in die Herzen der Ungarn schleicht, dass es keinen gibt, der sie durchschaut. Keinen, der die Gegenwart aufdröselt. Aber in Europas fernen* Hainen ist das so üblich, es gäbe Idéen und deren Ordnung und Bestimmung, das heißt deren Rang und Rangfolge. Es gäbe einen Maßstab und einen darauf basierenden Raum, in dem jeder seinen definierbaren Platz hat. Oder zumindest eine Ahnung davon. Die Erwartbarkeit des Platzes. Auch wenn wir darauf verzichten müssen, alles über alles und alle zu wissen.**

* So entsetzlich fern, dass es noch entsetzlicher hier in mir ist. Irgendwo zwischen Bauchspeicheldrüse und erwähnter linker Zitze. – P. E.

** Nach Werner Karl Heisenberg, auf die leichte Schulter genommen. – P. E.

[siebenundfünfzigste Seite]

BERICHTSKIZZE FÜR
DEN ALTEN TROTTEL CROŸ

Gnädiger Prinz,
wir wissen alles über alles und alle. Was sollen wir tun.*

~

Unser Wohltäter,
wir haben eine Wette abgeschlossen, ob wir es wagen zu schreiben: »Feri ist tot.«** Die Wette haben wir verloren.

PS: Seine Durchlaucht der Regent, der Ludwig, berät sich mit den Köchen und Kochmägden der Gegend (Pastinak, neue Zwiebel, Freilandhähnchen), Nyáry mal mit dem Herrgott, mal mit jenem Thököly, mal mit beiden gleichzeitig.

~

---

* Was beim Schwanz meines Vaters sollen wir machen. Kein Kommentar. – P. E.

** Braines kollegialer Rat [fünfundfünfzigste Seite] ist hier nicht zu gebrauchen, weil nicht sicher ist, dass es einen Täter gibt. – P. E.

Zwischen zwei Heiden für ein Vaterland.[*] Das sagte ein Hauptmann namens Mihály Bárány im weinseligen Zustand. Er schlug auf den Tisch. Seine Mitstreiter** pflichteten ihm bei oder taten so, als pflichteten sie ihm bei. Was sie unterdessen dachten, dem gehen wir noch nach.

Die Kost ist gut, wir können sie Euer Gnaden wärmstens empfehlen. Wie auch die Dienstjungen bezaubernd sind, ehrerbietig und diensteifrig, wie das auch die Grammatik zeigt.

[* Der Türke als Heide, das leuchtet auch dem deutschen Leser noch ein (vor allem, wenn er das Grimm'sche Wörterbuch zu Rate zieht). Aber dass auch die Habsburger Heiden sein sollen, das verstehen nun wirklich nur die zwischen allen Stühlen sitzenden Ungarn. – H.F.]

** Die Namen haben wir im Sinne der einschlägigen Rechtsvorschrift unleserlich gemacht. – P.E.

[achtundfünfzigste Seite]

Mit einer Decke um meine Beine in Frauenwärme*, dachte er. Drinnen das eisige Tier der Gicht, draußen die Wärme der Frauen-Decke. Mal fror er, mal fror er nicht. Drinnen die Beklemmung, draußen der Heide. Und umgekehrt. Gott ist kein bequemer Begriff,** dachte er. Es gibt nichts, nur das Erbarmen.

Er schlief im Sitzen, er fürchtete, liegend, ausgestreckt sähe es aus, als wäre er tot.*** Schloss oder Gefängnis, kein

---

* Die Bedeutung ist vermutlich, dass eine Frau Nyárys Beine mit einer Decke umwickelte, und das war schön warm, in dem Sinn, dass es unter der Decke warm wurde, also ich will sagen, dass seine Beine sich erwärmten, na, endlich, dass mit einer Decke um die Beine in Frauenwärme. Mit anderen Worten: Die Genauigkeit der Ungenauigkeit! – P. E.

** Miklós Mészöly: *Der Glanz des Obersten Sutting* – P. E.

*** Unser König Mátyás, fünfzehntes Jahrhundert, damals lebten noch echte ungarische Männer und vergleichbare Frauen, hatte einen weltberühmten Narren, Énard (nomen est omen, sein Name stammt vom deutschen Wort Narr: ein Narr). Zwischen Veszprém und Visgrád nannte man ihn den originellsten Kopf (in gewisser Hinsicht in leichter Position, als Narr ist er frei wie die Lilie der Wiesen oder der Vogel des Himmels oder andere in der feudalen Pyramide nicht vorkommende Vergleiche), er schlief so, im Sitzen, in diesem Lehnstuhl-Schrecken. (Siehe auch in der Rákosi-Ära der berühmte Fauteuil-Schrecken [unübersetzbare Anspielung; es reicht, wenn man Rákosi versteht und Schrecken –

Unterschied. Vielleicht wird das Gefängnis besser geheizt, dachte er und richtete die Decke auf seinen Knien. Schloss oder Gefängnis kommt auf dasselbe heraus: Für den Größenwahn muss man bezahlen.

Ich bewege mich mühsam, mein Herr, immer mühsamer. Es ist, als wäre ich geschlagen worden,* als hätte man mich vermöbelt. Die Zeit ist meine Krankheit, da, mein Herr, hilft selbst deine große Güte nicht. Der ewig Lebende ist ohnmächtig gegenüber der Zeit. Die Ohnmacht des Allmächtigen ist die größte. Ich töte sie, dachte er und betrachtete die Mücke auf seinem Arm. Der See ist nah.

Und plötzlich tötete er sie tatsächlich.

Sag nicht, mein Herr, dass ich blutig bin wie alle Menschen. Sag es nicht. Ich bin blutig. So ist das Jahrhundert.**

H.F.].) Solange ich lebe, mein Herr und Gebieter, bin ich ewigen Lebens, sagte er immer. Und wenn du dich stramm benimmst, mein guter Vetter, leuchtender Stern der Hunyadis, gilt das auch für dich. Hab keine Angst, großer König, hab keine Angst, mein Süßer. – P.E.

* Er war geschlagen worden. – P.E.

** Damals beherrschte der Türke schon seit mehr als hundert Jahren das stolze Land der Ungarn. Wir (unsere Schultern) ächzten unter seinem Joch. – P.E.

[neunundfünfzigste Seite]

Mein Herr, warum braucht es zum Beten Worte?*

* Darüber habe auch ich schon viel gegrübelt. – P.E.

[sechzigste Seite]

(einige Wochen zuvor)

Ich wusste nicht alles über Imre Thököly, aber genug. Es bereitete weder meinem Herzen noch meinem Haupt noch meinem Säbel ein Problem, ihn meinen Fürsten zu nennen.

»Mein Fürst.«

Er drehte sich zu mir um, als würden wir zu tanzen anfangen.* Ich aber setzte maliziös hinzu:

»Mein Junge.«

Die Geste konnte er nicht mehr im Zaum halten, die unaufrichtigen Pferde seiner Tanzlust galoppierten unaufhaltsam, doch die Blitze seiner Augen verdüsterte eine Wolke des Argwohns.

»Sollte ich jünger sein, mein Herr Palkó?«**

»Egal, mein Fürst. Die Macht wird nicht nach Jahren gemessen.«***

---

* Das Savaria-Salontanzfestival gewann 1954 ein junger Mann namens Imre Thököly mit seiner Partnerin (Szabad Nép, 8. September 1954). Schriftstellerglück. »Bitte schön, ich erschaffe aus dem Nichts Welten.« – P. E.

** Sowohl laut der Annahme des Romans als auch laut der Fakten der Welt trennen uns mindestens zwanzig Jahre, zugunsten Thökölys. Also ist Thökölys Bemerkung einfach eine Unverschämtheit. – P. E.

*** »Also, wer ist denn nun der Chef, verdammt?«
»Also, verdammt, das ist nicht die Frage. Davon rede ich.«
»Und ob das die Frage ist, immer ist das die Frage.«

»Die Frage ist, verdammt, dass unser einsames Vaterland nicht länger dahinsiechen darf.«

»Das ist keine Frage, verdammt. Am Ende einer Frage steht ein Fragezeichen. Siehst du hier ein Fragezeichen? Einen Hauch von Fragezeichen? Und versuche mich nicht rechts zu überholen. In Nationalkrimskrams bin ich besser.«

»Aber ich meinte das ernst.«

»Fick dich. Józsi, bringt diesen Arsch zurück in ... in den Kerker oder, besser, Arrest, so sagt er gern. Schlagt ihn nicht sehr, nur so sehr, dass er gut schläft. Schlaf, schlaf. Werden die Stunden voll, aber vergehen sie nicht ... zum Teufel. Ich will, verdammt noch mal, dem Major (Variante: dem Genossen Major) keine rechtfertigenden Berichte schreiben, wie die veilchenblaue Schwellung unter seinem Auge mit seinen lüsternen Träumen zusammenhängt. Abtreten.« – P.E.

[einundsechzigste Seite]

Elender Thököly, eitles Rindvieh. Ich empfing ihn mit herzlichen Worten, bewirtete ihn mit Wein und Braten, lächelte scheel, vergeblich sprach ich, vergeblich schwieg ich. Jung, ehrgeizig, dumm. Aber gerissen, hübsch redend, begeisternd. Er blickt nicht über seine Stiefelspitzen hinaus. Aber die glänzen wie ein Türkenei. Er weiß nicht, was morgen ist, es interessiert ihn auch nicht, aber im Heute findet er sich gut zurecht. Auch wenn es das Morgen auffrisst.

Fleisch briet auf der Glut, vorwiegend Nackenstücke. Flammen loderten gelb von den Fetttropfen. Eine appetitanregende Wolke aus Rauch und Specereien. Dann – man weiß nicht, wie – doch wie Bundschuhsohle. Kauen, es gibt nur Kauen. Der Fürst wickelt seine durchtriebene Heuchelei in Freimut.

»Nun, Bruder, als Zahnprobe prima primissima.« Er lacht. Er lacht schön. Ich sehe, er liebt sich sehr. »Aber es gibt hier überhaupt keine Crux, denn um uns herum schleicht, hilft und patronisiert der beste Koch, den mein Bruder angestellt hat: der Hunger!«

Und er nimmt einen kräftigen Schluck.

»Es heißt, der niederländische Regent ist auf dem Weg hierher.«

»Es heißt?«

»Nun gut, meine Spione berichten, er ist angekommen.«

»Er zeigt weniger, als Er besitzt.«

»Es geht jetzt nicht um uns, mein Fürst. Unsere werte Person ist nur eine Form, in die das Schicksal des Vaterlandes getan wurde … Würden gnädiger Fürst den Türken mit weniger Glauben heimsuchen und nicht mit großem Löffel die mit Froschgequake vermengten luftigen Worte der Franzosen schlucken, dann könnte sich zwischen den europäischen Hoffnungen ein Raum für das unter einem schlechten Stern stehende Vaterland eröffnen, denn die spanischen Habsburger, wenn sie mit unserem Ludwig, den das Pressburger Fugger-Haus itzt verhätschelt, übereinkommen, sähen uns lieber gegen die Franken, und das wiederum bräuchte unser Wiener Leopold wie einen …«*

»Genug, Nyáry. Mir schmerzt schon der Kopf. Mir brennt der ganz schön harte, ungrische Kopf.«

Was schwach ist, das schmerzt. Pack dich, ich halte den Mund. Ich sehe es ihm an den Augen an, er traut mir nicht. Und ich auch nicht ihm. So können wir zusammen gehen, Hand in Hand verschlungen, einander stützend, ein und derselbe Krüppel, so können wir im feuchten Nebel, im zähen Schmutz, in der bis in die Knochen dringenden Kälte des fehlenden Vertrauens gehen, so können wir zum Teufel gehen.

---

* jemanden oder etwas brauchen wie einen Buckel (lapforum.lap.hu) – P.E. [Beziehungsweise wie einen Kropf (redensarten-index.de) – H.F.]

[zweiundsechzigste Seite]

»Die Ungarn, die Ungarn beginnen unzählige Sätze immer so: Die Ungarn. Oder: Der Ungar. Der Ungar ist mutig. Der Ungar ist stolz. Mag sein, ich kenne Hasenfüße ebenso, und Liebediener wieder. Ungar ist für mich, wer Ungarisch ungarisch spricht. Ich spricht Ungarisch, aber nicht ungarisch. Mein Herz ist im Hier heimisch, ein ungarisches Herz, aber die ungarischen Wörter sind drinnen in meinem Mund fremd. Ich sage nicht oft Ungar, nur Ungar (ich).«

Das antwortete Zsigmond Kara, sich von seiner großen Wunde erholend, auf die Frage Pál Nyárys, wes Kind er sei. Es ist der Schnickschnack blasser neuer Zeiten, dass der Chronist auch über das Chronikschreiben berichtet, über dessen Prozess, Schwierigkeiten (horribile dictu: über sich); wir wünschen diese Praxis weder zu bekräftigen noch zurückzuweisen, stattdessen wollen wir dennoch nicht verhehlen, dass es unsere innigste Absicht ist, die Figur Zsigmond Karas beim Leser beliebt zu machen, aus der Absicht heraus, auf diese Weise eine unerwartete Wende vorzubereiten, die dem Leser gleichsam einen Schlag auf den Schädel versetzen wird und ihn dadurch unserer Hoffnung nach in seiner Verblüffung zur Katharsis gelangen lässt.

Nyáry hatte ein Findelhaus gegründet, er gab regelmäßig unentgeltlich Essen aus, so wusste er genau, Essen und Hunger gehören zusammen. Deshalb hatte er keine Gewissenswunden, zwischen zwei blutigen Schlachten oder blutleer scheußlichen Verhandlungen auf der feinen Küche zu bestehen. Der junge Zsigmond Kara malte die Hoffnung spannender, neuer Speisen auf die Leinwand der Phantasie des erfahrenen Ungarn (beziehungsweise malte sie an deren Wand).

Zwischen zwei Heiden für ein Vaterland – aber essen und trinken muss man, diese Redewendung ging in der Burg am Ufer des Ipoly um.

[dreiundsechzigste Seite]

Als Wickelkind geraubt, hatte in Stambul das kriegerische, leere Leben der Janitscharen auf Zsigmond Kara gewartet, jedoch war er ein so kümmerlicher kleiner Junge, in allem ungeschickt und auch schweigsam, dass sie ihn langsam in Ruhe ließen, ihm keine Beachtung schenkten.*

Er haderte nicht mit seinem Schicksal,** zwar hatte er die nötige Selbstachtung, doch kümmerte es ihn nicht, ob die Welt gerecht war. Beylerbey Hassan, in dessen Diensten er stand, war gerecht genug.*** Karas Selbstachtung speiste sich nicht aus seinen schätzenswerten Fähigkeiten,**** ganz im Gegenteil. Er zeichnete sich durch nichts aus, er war nicht dumm und nicht klug, er war nicht schön, aber auch nicht hässlich. Nur ein Beispiel. In seinem Nacken wuchs immer wieder ein Furunkel, man hätte es nur ungern angefasst, sein Gesicht jedoch strahlte trotz der Pubertät so rein wie das morgendliche Meer in der Trichterbucht von Haliç.

---

* Das ist eine eigentümliche Parallele zum Florisdorfer »Kutschengenie« Ransmayr. – P. E.

** Darin ähnelte er Joseph Haydn. *Esti*, Hanser Berlin 2013, S. 11 – P. E.

*** Falls sich diese Frage bei einem Beylerbey überhaupt stellt. Insbesondere wenn wir noch das siebzehnte Jahrhundert hinzunehmen, und (auch wenn es eine Selbstwiederholung ist) bei einem Satz dieser Struktur nehmen wir es immer hinzu. – P. E.

**** Und darin unterschied er sich von Haydn. – P. E.

Ein Talent hatte ihm die göttliche Gnade nicht zuteilwerden lassen.* Doch – das ist selten – spürte er sein Leben. Mit dem Vertrauen der Hoffnung auf ein ruhiges Leben begann er seine Tage, die einfache Arbeit in der Arbeitsküche. Dieses Leben hätte einen eigenen Glanz, Ehre; nicht so sehr Größe, Erhabenheit, aber doch Gerechtigkeit. Die Heiterkeit der Selbstachtung wurzelte also allein darin, dass er er war, Zsigmond Kara oder, wie er hier genannt wurde, Mehmed.

Dass er lebte und ein Mensch war.

In der Küche ließ man ihn nicht die niedrigsten Arbeiten verrichten, aber beinahe, der Weg zum Küchenjungen schien noch weit.

---

* Denn glückliche Mörder sind die Mörder der Stunde, / denen göttliche Gnade ein Talent zuteilwerden ließ. Dezső Kosztolányi: *New York, du Kaffeehaus, in dem ich so oft saß* – P. E.

Dieser Weg schien weit, doch durch eine unerwartete Wende verkürzte er sich nicht nur, er (der Weg) verschwand gar.

In Beylerbey Hassans Haus wurde das heimlich eingetroffene Florentiner Genie, Michelangelo*, untergebracht, den seine Hoheit der Sultan damit betraut hatte, über die Bucht eine Brücke zu bauen, die das Lob Allahs singen, aber dennoch benutzbar sein sollte. Und da dies auch bereits Leonardo versucht hatte und ihm wahrlich kein Erfolg beschieden gewesen war, hatte der Ehrgeiz des großen Buonarotti leicht aus dem entfernten Florenz hierhergefunden.**

Seit Tagen prasselte die Küche in Aufregung.

Zsigmond Kara, aus einem Giauren zum nichtswürdigen Türken gemauserter Dienstjunge, kehrte gerade Zwiebelschalen zusammen, als er das Gefühl hatte, eine unbekannte Kraft ziehe ihn zum Herd, an dem er nichts zu suchen hatte, an den er sich noch nie gewagt hatte. Das war so unerwartet, dass sich keiner regte, so unerhört in jener Welt, in der unten immer unten ist und das Oben sehr weit oben, dass sie das Auffliegen dieses Staubkorns gar nicht sahen, nicht wahrnahmen.

---

* Die Daten stimmen keineswegs. Doch, wie der Ungar sagt, bei Mohács (1525 [Auch hier stimmt das Datum nicht, kann gar nicht stimmen, denn da war der Deutsche Bauernkrieg. – H.F.]) ging mehr verloren, dort ging nämlich alles verloren. Und mehr als das gibt es nicht, nicht einmal, wenn das Alles zuweilen wenig ist. Lebenserfahrung, jawohl! – P.E.

** Énard, Énard, Énard! – P.E.

»Maestro, prego«, ruft Kara dem Küchenmeister zu, den man dem italienischen Gast zuliebe angestellt hat (den man nur »Genius der April-Grünnuss«* nannte), mit diesen Worten kostet er das Krebsragout, »prego, Maestro, stoßen Sie ein Gran Eschenpfeffer hinein, wir täten damit Gutes.«**

Als wäre auch der Welsche wie verhext, lässt er den Jungen gewähren, stößt hinein, kostet, schließt die Augen, öffnet sie, blickt Kara an, nickt.

»Geniale.«

Vorbei war es mit der ruhigen Zukunft.

Von da an entfernte er sich, bildlich gesprochen, in seinem Leben nie wieder mehr als zwei Meter von den Töpfen, von seinen Töpfen.

---

* Laut den Forschungen Amica Bodoras, aus Rumänien stammender Professorin (Eco-Schülerin); Manuskript – P. E.

** Ich kann mir nicht vorstellen, in welcher Sprache, wie das eigentlich geäußert wurde, vor allem mit Blick auf den Eschenpfeffer. – P. E.

[fünfundsechzigste Seite]

Jahre später, schon wieder in der Türkei, hörte er, als er wie üblich dem Puffen (»dem Atem«) seiner Töpfe lauschte, auch in sein Herz hinein. Das Prasseln des Herdes einerseits, das Herz andererseits. Ob es ... ob die Stimme des Herzens noch die alte war. Ob es noch schön, geheimnisvoll pochte. Still, andächtig. Wild. Er hatte das Gefühl, keinen Grund zur Klage zu haben, auch wenn er sich, was sein Herz anging, weiterhin nicht wirklich auskannte. An die Arbeit, damit unterbrach er das Horchen, zum Abendessen kommen Ritter des verfeinerten Geschmacks zum Pascha.* Das war ein anderer Pascha**, doch er hieß wie sein Vorgänger, so konnte man es sich leicht merken, auch den Namen der Hunde in dem Palast***, immer Klio, immer Foxi,**** über Generationen hinweg.

---

* Zum Grafen. Autobiographische Bemerkung. – P. E.

** Graf. – P. E.

*** Im Schloss. – P. E.

**** Ich wollte die kleine feine Intertextualität nicht kaputtmachen, doch in der Tat, wie wir es aus der Joyce-Korrespondenz wissen, »immer Ebenguba, immer Karabasch«. »Ebenguba ist ein türkischer Steppenhundename, und zwar – würden die Experten der altaischen Sprachen hinzufügen – eine Wortbildung tschuwaschischer Art. Die Orchon-Inschriften vermeinen zu wissen, dass Großkhan Nyermacs-Ata einen Lieblingshund dieses Namens hatte, irgendwann im siebenten Jahrhundert, ein überaus treues und vielseitiges Tier, in dem der Großkhan auf seine alten Tage – seine charismatische Kraft schwand und das rituelle

Abschlachtenlassen nahte – einen tröstlichen Gefährten fand. Über das weitere Schicksal des Hundes – vermutlich war es ein eurasischer Schäferhund, vielleicht ein direkter Puli-Vorläufer – wissen wir, leider, nichts.« So bedauert es der vorzügliche Ferenc Takács in seiner epochalen, wenn auch meines Erachtens teilweise unzuverlässigen, jedoch überaus unterhaltsamen Essayartigkeit mit dem Titel *Herr und Hund im Spiegel des großen Dubliners*. Läse er die Briefe unseres gemeinsamen Idols ein bisschen genauer, sähe er den Bogen, den auch ich sehe, der sich also von Khan Nyermacs-Ata zu Beylerbey Hassan, von Hund zu Hund spannt. (Meine Großmutter sagte gern: Die Zeit vergeht von Hund zu Hund. Darauf ihre jüngere Schwester: Aber sie vergeht nicht. Daraufhin ging die Großmutter, als große Freundin der Zeit, ohne ein Wort gereizt aus dem Zimmer.) – P.E.

[sechsundsechzigste Seite]

Je mehr die Macht der Osmanen schwand, desto lauter wurden die Geschichten, Märchen, Anekdoten und Legenden. Die dann wie ausdauernde Zugvögel in dem mächtigen Land herumflatterten, das damals schon nur mehr ihr himmlischer Flügelschlag zusammenzuhalten schien. Was bedeutete, wo auch immer das Geschehene geschah, es schien sich bei uns zu ereignen oder in unmittelbarer Nachbarschaft. Im Märchen ging es um Stambul, doch Pressburg wurde verstanden – vom Pressburger. Die untergehende Sonne schien auf den Bosporus und der Ipoly warf die müden, lila Lichter zurück.

Bei jenem für Kara denkwürdigen, ja, schicksalhaften Abendessen, das Beylerbey Hassan zu Ehren Michelangelos gab, blieb unerwartet der Ehrenplatz frei. Der würzige Atem, das lebhafte Schnaufen des hinter dem Italiener stehenden Mohrensklaven lief, glitt dem Meister über den Nacken wie der frische Abendwind, der hier so eigentümlich von Aleppo her weht.

Der Zeremonienmeister trat aufgeregt von einem Bein aufs andere.

Da erschien (gleichsam aus dem Nichts!) ein dünner, betagterer Mann zwischen den beiden Türstehern, so natürlich, das heißt mit Schwung, dass die vergaßen, was ihre Aufgabe war, nicht einmal zuckten. Der Alte trug ärmliche Kleidung, die Pluderhose schien aus Leinen, doch sicher nicht aus Seide, der Gürtel war dünn und schmucklos, auch die Schuhe waren nicht aus Saffian. Und er hatte sich an dem Tag nicht gewaschen, so viel war gewiss.

Entschlossenen Schrittes eilte er geradewegs auf den Hauptplatz zu, setzte sich, blickte freundlich in die Runde.

»Selam aleykum.« Dann fügte er hinzu: »Ve rahmetullah.«

Michelangelo senkte zuvorkommend den Kopf. Hinter ihm der Sklave schlug die Augen nieder.

»Wer bist du, Unbekannter, dass deine Kühnheit so kühn ist?!«, herrschte ihn der Zeremonienmeister vor Schreck an. »Bist du hier etwa der Kadi? Richter über Gut und Böse?«

»Höher«, so zeigte der Alte mit ungerührter Miene.

»Dann bist du vielleicht der Handscharbey des Quartiers?«

»Höher, höher«, der runzlige Handrücken des Fremden flog auf.

»Was denn dann? Vielleicht der Wesir?«

»Höher.«

»Schamloser, du behauptest, du wärest seine Hoheit der Sultan?«

»Höher«, so das Auffliegen.

»Hund, was wagst du, du sagst, du seist Allah höchstselbst?«

»Höher, noch höher.«

»Aber höher ist nichts und niemand.«

Der Fremde nickte.

»Ja, das bin ich.«

[siebenundsechzigste Seite]

Als Michelangelo in sein Schlafgemach kam, setzte er sich, obgleich es spät war und er auch Wein reichlich getrunken hatte, an seinen Arbeitstisch. Er betrachtete die Skizzen, Versuche, sogar ein kleines Modell war schon fertig, weiter weg, auf Leonardos Zeichnung, die er zur Information aus dem Palast bekommen hatte, saß ein bauchiges griechisches Tongefäß; es hat sich mit seinem Arsch darauf gesetzt, so lachte der Meister bei sich, als er das sah*.

Er hatte das Gefühl, sein Nacken war noch immer heiß vom Atem des Sklaven, er griff immer wieder nach hinten, massierte ihn, betrachtete die Zeichnungen, den Bogen über den Bosporus, den Michelangelo-Bogen, so würde man ihn einst nennen.

Er wurde immer regloser, steifer, leerer, er sah keinen Bogen, spürte keine Hitze, auch keine Schläfrigkeit und auch nicht den Schwindel des Weins. Nichts, niemand, die türkischen Sterne oben im Unendlichen und die große, ölige Stille des Meeres. Nichts, niemand.

»Ja, das bin ich«, sprach er die Worte vor sich hin und schluchzte allein deshalb nicht, weil er niemals schluchzte. Meistens arbeitete er, statt zu schluchzen.

---

* Sah?! Er hatte es darauf gestellt! – P.E.

[achtundsechzigste Seite]

Der Chronist lässt hier Michelangelos fleißige Hand und geflügelten Genius los (oder was auch immer von ihm, das ein Chronist greifen, berühren, fassen kann)* und griffe treu seinem Versprechen fester Zsigmond Karas, doch pflichtschuldig muss er zu dem bei Zsófia Pázmándi hereinschneienden Schweidenfeldt zurückkehren. Und auch Nyáry können wir nicht lange allein lassen. Und was ist wohl mit dem holländischen hohen Herrn? Geschichtenstränge in Bewegung setzen, verknüpfen, vernähen – das ist kein Honigschlecken.

»Nicht wahr, das hat Sie nicht überrascht, dass ich nicht überrascht war? Ihr János kann ohne Zweifel lügen, doch er ist eine ironische Natur. Ein Gesicht der Ironie indes ist immer die Wahrheit.«

»Indes! Indes! Das ist es, was ich an Ihnen niemals ausstehen konnte. Niemals! Und auch jetzt nicht!«

»Warum haben Sie sich verleugnen lassen?«

»Jetzt ist es schon egal, oder? Weil ich Sie nicht sehen will, ich habe Sie schon genug gesehen!«

»Du hast mich auch schon im Dunkeln gesehen.«

»Im samtweichen Dunkel, sagen Sie es nur, Monsieur Indes!«

»Wenn Sie mich nicht sehen wollen, schließen Sie die Augen.«

»Vergeblich. Auch dann sehe ich Sie.«

»Das ist ehrenvoll. Aber lügen Sie nicht, mein Herz. Oder

---

* (...) – P. E.

geschickter. Oder interessanter. Dabei liegt Ihnen Ironie so fern wie Makó von Jerusalem.* Wie Sie mir nicht in den Sinn kommen, so ist auch in Ihnen, an der von mir befreiten Stelle, nichts. Auch kein anderer sitzt auf diesem Thron. Oder jeder, irgendjemand. Dort ist keine kleine Messingtafel mit meinem Namen.«

»Sie, Heinrich, sind eine unerträgliche Façon de parler. Und dann auch noch auf dem Thron … Idiot. Sie sind ein Idiot und eine Messingtafel!«

»Magnific, ich beginne mich zu Hause zu fühlen.«

»Was wollen Sie? Denn Sie wollen etwas, das ist sicher.«

»Sie wissen es nur zu gut. Immer das Gleiche. Dass Sie mir helfen.«

---

* Nachdem sich unseres Königs Andreas Feldherr namens Makó einen hinter die Binde gekippt hatte, glaubte er, aus tiefem Schlaf hochschreckend, er sei bereits im Heiligen Land, dabei schlief er lediglich auf einem im Hafen von Spalato in Dalmatien vor Anker gegangenen Schiff (also, damit es klar ist, weit von Jerusalem entfernt). (Wikipedia) Die Redewendung hat nichts mit der Stadt Makó zu tun, wie viele glauben, die ebenfalls weit von Jerusalem entfernt ist.

In Siebenbürgen gibt es die Redewendung (jenes Szekler Frauenzimmer, das mir das erzählt hat, bittet mich, ihren Namen nicht zu nennen, Lili Pávai), »weit wie mackó [Teddybär; wie sehr beneide ich die slowakische Übersetzerin! – H. F.] von Jerusalem«. Es spielt auf Ceauşescus erfolglose (oder als solche erhoffte?) Siebenbürger Bärenjagden an, aus denen die kleine (früher größere) ungarische Gemeinschaft ein wenig (früher mehr) Kraft schöpfen konnte. – P. E.

»…«

»Früher wollte ich mehr.«

»Alles. Meines Erinnerns.«

»Alles. Dass Sie mir helfen. Allem an mir, meinem Körper, meiner Seele, meinem Herzen. Mein Körper langweilte Sie bald, weil Sie auch Ihr eigener nicht interessiert.«

»Was für ein wirres Gefasel!«

»Sie interessiert der Körper nur, insofern Sie ihn zu etwas verwenden können. Einsetzen. Ihr seelenberaubendes Dekolleté zum Beispiel. Wer in diesen tiefen Schlund geblickt hat, ist verloren. Tief ist* dieses Tal …«

»Das ist so fürchterlich, hören Sie auf. Sie mögen in meinem Bett gelegen haben, dazu haben Sie dennoch kein Recht.«

»Meine Seele hat Sie nie gekümmert. Auch nicht mein Herz, auch nicht …«

»Sagen Sie es nicht. Sie haben gar keine Seele.«

»Oh. Haben Sie das schon Ihrem Lieblingsgeistlichen, dem kleinen Gerendás, erwähnt?«

»Worauf schielen Sie wieder?«

»Argwöhnen Sie nicht ständig, teure Zsófia. Denken Sie nicht ständig an eine Falle. Beziehungsweise sonder Unterlass.«

---

* Das galt zur Türkenzeit noch nicht als Thomas-Mann-Anspielung. Wie wäre jüngst Heimito von Doderer überrascht gewesen, als Dostojewski in neuer Übersetzung erschien. Böse Geister hießen da die bisherigen Dämonen, und darauf spielte der Titel von Doderers Roman an: *Die Dämonen*. Worauf spielt er jetzt an? – P.E.

»Doch. Seit unserer Hochzeit lauere ich im Großen und Ganzen darauf, wo Sie mir eine Falle stellen. Von dem Augenblick an, als Sie mir den falschen Goldring auf den Finger geschoben haben.«

»Er war nur ein bisschen falsch. Un peu. Und Ihr Fingerchen war vollkommen echt, ohne Falsch, nicht wahr, mein Herz?«

»Diese ständige Süßholzraspelei, Säuselei ist lächerlich. Sie werden noch aus dem Grab dem Damenkränzchen Komplimente austeilen. Sie können sich nicht vorstellen, nicht geliebt zu werden. Irgendwo, dennoch, trotz allem. Sie haben sich, wie auch immer, auf ewig in einem kaum verborgenen Winkel der Damenherzen eingenistet. Doch es ist nicht so, mein Lieber. Sie lassen mich dermaßen kalt, dass ich es kaum aussprechen möchte. Lachen Sie nicht. Ich sage noch Schlimmeres, und dass Sie mir ja nicht weinen. Wissen Sie, wie das mit Ihnen ist? Als kennte ich Sie gar nicht. Und wollte Sie auch gar nicht kennen. Es ist, als hätten Sie mich nicht einmal berührt.«

»Dabei habe ich Sie berührt. Soll ich es aufzählen?«

»Sie haben mich berührt. Und zählen Sie es nicht auf. Scheren Sie sich lieber zum Teufel!«

»Sie helfen mir also nicht? Sie kennen doch meinen Bruder besser. Meinen Halbbruder. Sie pflegen zu konversieren, Sie tauschen Gedanken aus … Ihr Schweigen nehme ich als Zustimmung.«

»Sie können sich fürwahr nicht vorstellen, jemanden zu langweilen. Heraus mit der Sprache, was wollen Sie!«

»Von Heussen …«

»Ich weiß. Er lässt mich beobachten. Unwichtig.«

»Was soll das heißen, unwichtig? Empörend!«

»Ach was. Sie wussten es gar nicht? Auch vor zwanzig Jahren ließ er mich beobachten. Freilich, damals eher Sie.«

»Er ließ mich beobachten?«

»Tun Sie nicht so, als wären Sie überrascht.«

»Das wusste ich nicht.«

»Mein Lieber, lügen Sie nicht. Wiewohl es Ihnen gut steht.«

»Gut, dass er mich jetzt beschatten lässt, das weiß ich, aber dass schon damals ... Egal, Sie haben recht, mein Herz, unwichtig. Also. Ich möchte wissen, ob Ihres Erachtens unser Palkó etwas zu verheimlichen hat?«

»Jeder hat es, das wissen Sie am besten.«

»Könnten Sie mich mit Ihren philosophischen Betrachtungen verschonen.«

»Warten Sie. Wenn Sie das fragen, die Geheimnisse des Pál Nyáry, dann heißt das, dass von Heussen jetzt gerade durch Sie ... Nein ... Das ist niederträchtig ... Dass Sie, mein Lieber, zu dieser Niedertracht fähig sind ... Ich wusste, Sie beherrschen viele Register der Gemeinheit ... aber das ... János! Bringen Sie auf der Stelle einen kleinen grünen Chartreuse!«*

---

* Ich habe mich wieder in Sie verliebt! Ruck, zuck – und nichts geschah, er verliebte sich nicht wieder in sie. Mit kleinen Lachsalven ist das Problem nicht zu verdecken. – P. E.

[neunundsechzigste Seite]

Liebster Vater,*
jetzt stoße ich mich nicht daran, bin nicht kleinlich, dass Du schon tot bist (eventuell bin ich tot oder wir beide oder keiner von uns beiden), vielmehr besorgt mich, dass ich Deine derzeitige Adresse nicht kenne; auch wenn wir durchaus davon träumen können, dass vielleicht die Brieftauben versierter sind als wir alle.

Wären wir im siebzehnten Jahrhundert, wärest Du, könntest Du Fürst Pál sein und ich ein Bastard, dein Bastard**, von dem Du gar nicht wüsstest, das Schlimme seines Schicksals ärgerte und bedrückte, das Gute beunruhigte nicht Dein Verantwortungsgefühl. Ich wäre ein Küchenjunge, mit einem begnadeten Zungengefühl, die Aromen sprächen unmittelbar zu mir (von Aroma zu Aroma, durch Essensdampf in einem dunklen Wort – aber das nehme ich auf der Stelle zurück), wir wären Freunde, sie würden mir alles über sich und ihr Verhältnis zueinander sagen, über die sichtbaren und die verborgenen Anziehungen.

Langsam würde ich mich in Deine Kreise hocharbeiten.

Jeden Tag würde ich für Dich kochen. Ich würde Dich verwöhnen, ein Sohn verwöhnt den Vater. Und davon wüsstest Du nichts. Du bemerktest es nicht einmal, und es täte mir gut, ich fühlte mich frei. Wenn Du scherzhaft dennoch

---

* Kafka: *Brief an den Vater* – P. E.

** Wie gut es tut, das auszusprechen, mit langem, scharfem ss! – P. E.

fragtest, wen Du für diese kulinarische Vollkommenheit bestrafen sollst, die offensichtlich ein Aufstand gegen die Vollkommenheit des Himmels ist, dieser irdische Konkurrenz macht, hörtest Du den Namen unseres Chefkochs, sagen wir, den Kálmán Kallas*, er kocht gut, das weiß man.

Schon früh, der Ipoly pulsierte noch im Dunkeln, würde ich an Dich denken und natürlich an den aktuellen Zustand unseres Vaterlandes, denn beider Konstellation würde die Speisenfolge des Tages bestimmen. Die könnte man detaillieren. Welche Vorspeise wir im Falle starken türkischen Kanonenfeuers empfehlen. Kann es Fisch geben (inklusive Schalentiere), wenn Wien intriganter kabaliert (kabalierender intrigiert) als üblich?

Ich spreche gern von Dir, Du hinderst mich an nichts, wenngleich das Material, das Du wärest, seine Größe, mein Gedächtnis und meinen Verstand und meine auf diesen basierende Phantasie um ein Beträchtliches übersteigt.

---

* Legendärer Chef des Budapester Restaurants Gundel. Ein ernster Mann. – P. E.

[siebzigste Seite]

Der Chartreuse ist kein böses Getränk, aber betrügerisch. Er scheint lediglich so ein Frauenkram, ein unschuldiges Likörchen, ein magenberuhigender Nachschlag. Die hohe Herrin Pázmándi kannte die falschen Spiele des grünen (grünen und nicht gelben!) Getränks, sie überraschte der Rausch nicht, der sie sofort erfasste, als die Hitze alles überflutete, das Herz, auch die Seele, die noch wichtiger ist als jenes, aber da scheiden sich die Geister, den Magen, jeden Winkel.

Es war, als wäre auf einmal auch der Salon in Nebel gehüllt, das Gesicht des treuen János war kaum zu erkennen, es wäre nicht überraschend gewesen, wäre hinter ihm ein riesiger Meersegler mit einem langsamen Königinnenaufzug auf- und abgetaucht*, der Raum veränderte sich, die Wiener Kommoden schwebten, der über die Fenster fallende Brokatvorhang eröffnete eher einen neuen Raum, als dass er etwas abschloss, die Frau schloss die Augen und atmete tief ein.

Von ihr ward Besitz ergriffen. Ihr Gesicht durchzuckte die gleiche Wonne, die –

---

* Plumpe Fellini-Anspielung. – P.E.

Die Graf Schweidenfeldt gut kannte und die er jetzt hämisch betrachtete.

»Wagen Sie es nicht, zu sprechen.«

»Ich muss gar nicht, Sie wissen ohnehin, was ich sagen würde.«

»Dass ich das Gefühl habe, auf der Stirn der Welt zu tanzen. Oder dass ich mir brennende Goldschwerter in die Adern tauche.«*

János Gellért hingegen hatte das Gefühl, jetzt müsse er den Herrschaften das Konfekt anbieten (genauer ein diesem ähnelndes türkisches Zuckerwerk, das er im Folgenden Konfekt nannte**), da war aus dem Nebenzimmer plötzlich ein Geräusch zu hören.

»Wir verstecken doch nicht etwa jemanden?«, fragte Schweidenfeldt gleichzeitig beide.

»Unseren Priester«, murmelte Gellért und blickte starr auf den Konfektteller.

»Unseren Priester? Wessen?«

»Unseren Priester«, sagte die hohe Herrin laut. Seit Jahren hatte sie nicht so dankbar an Gellért, ihren alten Geliebten, gedacht wie in diesem Augenblick. Es war, als hätten sie zärtlich zueinander gesagt: unser Sohn.

---

* Das Degenfechten zu nennen, würde ich nicht mehr zögern. Ansonsten ist es beinahe eine Lőrinc-Szabó-Gedichtzeile. – P.E.

** Ich ebenso. Ich mag so doppelbödige Dolci wie das Konfekt genannte Konfekt. – P.E.

»Ein Priester? Seit wann interessieren Sie sich für Priester? Meines Erinnerns interessieren Sie sich auch nicht sonderlich für den lieben Herrgott ... wiewohl das, meiner bescheidenen Ansicht nach, den Weg zu den Priestern erleichtert. Es ihn geradezu interessanter macht.«

»Halten Sie endlich den Mund. Und Er, János, steht hier wie zur Salzsäule erstarrt, gehe Er schon, bringe Er nicht das Praliné* ... Und verstecke sich Hochwürden nicht hinter der Tür! Ach, Männer!«**

---

* Was nun, Konfekt oder Praliné? Oder siehe die Fußnote auf der vorangehenden Seite. Oder rede nicht drum herum, sondern schaue nach. Das Praliné bedeutet im Konditorgewerbe einen gebrannten, ohne Zucker gewalzten, öligen Mandelkern, den man zum Würzen verwendet. Im Alltagsverständnis hingegen ist das Praliné eine Süßigkeit, die mindestens 25 % Schokolade enthalten muss und mundgerecht ist. Jedes davon abweichende (weniger Schokolade, größerer Umfang) Produkt ist ein Konfekt. Und da kommt eine ungarische Wende: Das Praliné wurde angeblich während der Herrschaft Ludwigs XIV. »erfunden«. Die ersten Pralinés stellte der deutsche Koch des Regensburger Abgesandten des Königs, Marschall Plessis-Praslin, her: Er überzog gezuckerte Mandeln und Haselnüsse mit Schokolade und benannte sie zu Ehren seines Herrn. Der Undankbare! Denn dieser Koch war kein anderer als György Sellér, der seine Süßwissenschaft von den Nyárys mitgebracht hatte, jene ersten Haselnüsse und Mandeln stammten mit Sicherheit vom Ipolyufer. Nicht das erste Mal sage ich: Ich lehre, erziehe, unterhalte. (Zum Teil nach dem Online-Magazin *Enni kell* [Essen muss man – H.F.], zum Teil auf Grundlage von Archivforschungen der Kollegen Béla Fehér und András

Cserna-Szabó.) So ist es mir gelungen, auf die ungarischen Wurzeln eines Weltartikels hinzuweisen. Weder Frustration noch Minderwertigkeitsgefühl: Es ist, wie es ist. Das Praliné ist mindestens so sehr ungarisch wie das Graurind, nur ist das Graurind ein bisschen größer. Aber das hat der sensible, patriotische Leser auch schon bisher gespürt. Ich hätte auch das Mangalica-Schwein nennen können. Das jedoch ist kleiner als das Graurind. Die Welt ist hart. – P. E.

** Nicht mehr verwendeter Ausdruck. Bei meiner Mutter hörte ich ihn öfter. Es lag mehr Neckerei darin als Kritik. – P. E.

[zweiundsiebzigste Seite]

Der Herr Geistliche Péter Gerendás wusste, dass er vor fünfunddreißig Jahren in ein einfaches Steckkissen gewickelt auf der Türschwelle der Kirche gefunden worden war, er hatte nicht bitterlich geweint, wie es das gewöhnliche Bild vorschriebe, er hatte mit stillem Interesse den Kopf hin und her gedreht, sich umgeschaut, und wenn er Luft holte, machte er den Mund weit auf, als gähnte er, so hatten sich Aufmerksamkeit und Unaufmerksamkeit, Neugier und Langeweile verbunden, was ihn dann sein ganzes Leben lang begleiten sollte, doch er wusste nicht, wie lange, mit welch sorgfältiger Erregung die hohe Herrin, Zsófia Pázmándi, allein, ohne Kammerzofe,* gesucht hatte, um etwas ausdrücklich nicht

* Das stimmt nicht, sie hatte Emmi Bodor, die ins Schloss zum Nähen kam, eingeweiht. Die brachte abgetragene Sachen (»von der Herrschaft Abgelegtes«) für den Kleinen und ging unter den Gärten entlang zu Ilona Koller, der Ärztin von Nyárys, vielleicht könne sie bei der Kirche vorbeischauen, der Himmel würde es ihr sicher danken. Frau Koller war so groß wie ein österreichischer Schrank oder eine kleinere ungarische Kate. I see, antwortete sie auf Englisch, denn in der Woche zuvor war im Schloss die englische Miss erkrankt, die hatte sie besucht und das war hängengeblieben – nun, außer dem »I see« noch ein Satz: »I am sitting on the cornflake«. Das ist eine interessante Situation (meine persönliche Meinung), wenn es einen Satz gibt, aber keine Wirklichkeit dazu, very interesting, I am afraid. Und wenn wir schon dabei sind, die eingeweihte, dienstmädchenartige Person kann nicht Emmi Bo-

Herrschaftliches für den Säugling (diesseits des Hosenmatzes, jenseits des Babys) zu finden, damit es keinen direkten Weg von ihrer feinen Aussteuer in das Schloss gab. Nyáry hatte dann Gerendás zu sich ins Heim genommen, ihn ausgebildet, so war er Priester geworden. Ihn erhob kein persönlicher Paternoster zu seinem Gott, er war aus Anstand gläubig, aus Treue und Dank. Doch sein Herz blieb gegenüber dem Himmel kalt.

---

dor sein, wenn wir zwei Dinge voraussetzen: dass sie identisch wäre mit der Emmi Bodor von der [vierundfünfzigsten Seite] und dass die Zeit in unserer von Euklid skizzierten Welt linear vergeht. Fraglich, very fraglich. – P. E.

[dreiundsiebzigste Seite]

Péter Gerendás' gebetsartige Gedanken hinter der Tür:

»Sag, mein Herr, ist es sicher, dass auch das Konfekt Dein Werk ist? Nicht eine Satansinsel, auf die der Antichrist seinen Fuß gesetzt hat, um von dort aus über Dich zu triumphieren? Ich denke dabei an den Teller im anderen Zimmer, an die Kreationen des italienischen Meisters, Rocher, auf dem Teller. Wer schuf diese Treppe des Verlangens, auf der wir immerfort eine Stufe höher zu steigen wünschen, in dem Glauben, gen Himmel, in der süßen Umarmung der Versuchung, dennoch scheinbar zu Dir.«

»Nehmen wir die erste Kugel zu uns, deren Schokoladenüberzug zudem in großzügiger Maßlosigkeit mit Schokoblättchen bestreut ist, bewegen wir uns nicht, unsere Zunge ruhe diszipliniert in unserem Mund, wir rühren an nichts, weder mit Worten noch Taten noch Versäumnissen noch Zähnen noch Zungen.«*

---

* In *gewissen* Romanen könnten an dieser Stelle winzige Rösser in unserem Mund herumjagen; ich denke an Sorokin, der sich mit natürlicher (großer russischer) Einfachheit auf Gogols und Turgenjews und Tschechows Schultern stützt – für diese Pferdchen. Ich werde jetzt nicht auf der Stelle herumtreten, wofür ich mich wie auf welche Schultern stützen würde. Du, küss nur, Witwe Petőfi, denk nicht! Eine entfernte Wittgenstein-Anspielung auf Katalin Neumer, das Übliche, das Ausgeliefertsein an die Tradition betreffend. – P. E.

»Lassen wir die magisch-sündhafte Kugel vielmehr von selbst schmelzen. Ist das geschehen, bleibt allein die Unbefriedigtheit zurück, der Mangel, das Lock-Aroma verschwindet so schnell, dass es nicht einmal möglich ist, sich daran zu erinnern, einzig und allein das nächste raue Kügelchen geht uns durch den Kopf, vielleicht haben wir damit mehr Glück – und wir steigen auf die nächste Stufe und auf die nächste, damit es auf einmal, unerwartet: bis zum Erbrechen viel ist. Aber dann ist es schon zu spät.«

»Nichts ist genügend genug, und wenn es genug ist, dann ist es schon viel. Mein Herr.«

[vierundsiebzigste Seite]

Die Gebete berühren sich im Himmel. Stellen wir sie uns als Leitern vor, so klettern wir auf einer (sagen wir, auf der von der vorigen Seite) hinauf, steigen auf der andern hinunter.

Und da sind wir wieder auf Pál Nyárys Terrasse, zur Erinnerung: Katze, Mücken, Ipoly, Zinne. Möwen treiben sich auf der Brustwehr herum, große, feist furchteinflößende Bestien*, sie trippeln menschenartig, vorneweg das Männchen, sich in die Brust werfend, dahinter eine kleinere, sei es also das Weib, in einem fort geifernd. Die große bleibt stehen, dreht sich nach hinten um, kurze Zeit bleiben sie so, dann fliegt die kleinere zum Ipolytal davon; jene trippelt weiter, sich in die Brust werfend, auch wenn es keine mehr gibt, für die man sich werfen kann.

»Mein Herr. Irgendwie ist es schon spät. Ich kann mich nicht auf Dich verlassen. Zwar will ich weder mich noch meine Sündhaftigkeit noch mein Vaterland noch Dich verzagt zur Kenntnis nehmen. Aber ich will auch niemanden übers Ohr hauen. Höchstens Dich. Dein Allwissen mit dem Selbstwiderspruch des Allwissens des Allwissens austricksen.«**

---

* Wenngleich es damals, so glaube ich zumindest, noch nicht den allseits bekannten Hitchcock-Film gab. Die Vögel, die das Vogel-Bild, die Möwen-Auffassung der Menschheit grundlegend verändert haben; sie haben der Angst eine neue Dimension gegeben. – P. E.

** Wenn ich das mit der Problematik der Menge aller Mengen in einen realen Zusammenhang bringen könnte oder schon mit

»Ich bin nicht mehr jung, mein Herr. Mein Ross ist flink, doch ich komme nur mühsam von ihm herunter und kriege kaum Luft. Das Gebet, so sagt mir das Buch, ist Erinnerung an Dich oder das vielmalige Wecken des Gedächtnisses des Herzens. Und: Man muss sich häufiger an Gott erinnern, als wir Luft holen. Das, mein Herr, wird schwer, so wie ich keuche. Entweder Reiten oder Du, mein Herr. Barmherziger Gott, verlass mich nicht.«*

---

einem flüchtigen Blick sähe, dass beide über die grammatische Verbindung hinaus nichts miteinander zu tun haben, wäre ich jetzt eine Art Mathematiker und hätte (über die grammatische Verbindung hinaus) nichts mit diesem Satz zu tun, ich korrigiere, mit diesen Sätzen. – P. E.

* Auswertung: Er versucht sich vor der Verrichtung der Aufgabe zu drücken. Strenger rannehmen. Nicht einfach, weil er sich windet. Bemerkung: Soll er sich halt nicht winden, der verdammte Wichser. – P. E.

[fünfundsiebzigste Seite]

Währenddessen, in der Zeitlosigkeit (Raumzeitlosigkeit!) der Betpause, schlürfte Ludwig III. ein Gläschen gülden schimmernden Tokajer, das Geschenk meines Herrn Prediger Laczkó Máté Szepsy. Er wartete auf Jan, seinen Ankleidediener.

»Diese Ungern sind komische Käuze. Wie kann man denn mit solchen Manieren eine solche Köstlichkeit producieren? Dieser *tocaier* einerseits und die allgemeine Ungehobeltheit andererseits. Was habe ich mit denen zu tun. Sie können nicht einmal sagen, ob Frieden ist oder Krieg. Laut meinem Cousin Leopold ist Frieden, den wir mit Kriegen aufrechterhalten. Oder umgekehrt, Krieg verwüstet unsere Länder, was wir mit Frieden kaschieren. Sie können nicht einmal sagen, wem das Land gehört, uns?, den Ungern?, dem Türken? Und überhaupt: sind das disjunkte Mengen?«*

»Und wenn Leopold, dann mir? Und wenn mir, dann wem?« Er lachte auf, er lachte gern *auf*.

»Doch es ist noch nicht einmal klar, was das Land ist, wo die Sonne aufgeht und wo sie untergeht. Ich habe sie satt, ich habe ihr Land satt, ausgenommen dieses protestantische

---

* Das ist selbst dann übertrieben, wenn wir aus Johan Cruyffs (nur ein Namensvetter des vorzüglichen Fußballspielers) hervorragender Ludwig-Monographie wissen, dass der Regent in lebhafter Korrespondenz mit den Brüdern Bernoulli stand, also in der höheren Mathesis einigermaßen bewandert war. – P. E.

Wunder, den Tokajer. Ich habe meinen Bruder satt, ich habe mich satt. Ich habe es satt, wie sie dann am Abend herumstehen werden, hofieren und gleichzeitig mit dem Blick aufspießen. Ihre Stiefelspitzen glänzen, doch ihre Absätze sind dreckig.* Vorsichtig tuende Hofschranzen und ungestüme Patrioten in ein und derselben Bewegung. Kein Wunder, dass sie einen seltsamen Gang haben.«

»Jan, wo zum Teufel** treibt Er sich herum?! Hat Er mich

---

* Nun, das ist keine empathische Bemerkung. Es ist leicht, aus dem reichen Holland hochnäsig Wahrheiten auszuteilen! – P. E.

** Nach maßgeblicher (und nicht nur ungarischer!) Historikermeinung ist die Person Ludwig III. trotz aller persönlichen Schwächen und Merkwürdigkeiten von entscheidender Bedeutung für die Entwicklung der Geschichte der Region und insbesondere unseres Vaterlandes. Hier am Donauufer ballte sich plötzlich ein europäischer Augenblick zusammen, der für Ungarn einen ganz anderen Raum, eine ganz andere Zukunft zu eröffnen schien. Im Zuge dieses Erfolgs wären wir zwar um den heroischen Rákóczi-Freiheitskampf, also um eine schöne Erinnerung und nicht zuletzt um so viele herzergreifende Kurutzen-Lieder ärmer, doch Leopold hätte sich dem Ludwig-Nyáry-Zusammenschluss beugen müssen beziehungsweise den dahinterstehenden, diesen zulassenden und erzwingenden objektiven Kräfteverhältnissen. Also: Nicht der aus verlorenen Revolutionen reale Kraft schöpfende, leicht verletzte Stolz, nicht die auf historische Ungerechtigkeiten sich berufende düstere Lebenstüchtigkeit, listige Findigkeit, vielmehr das auf Gleichrangigkeit beruhende, ruhige, bescheidene erhobene Haupt – das stand bei jenem Press-

schon einmal allein mich anziehen sehen? Es würde mich wundern, mein Herz.«

burger Abendessen auf dem Spiel (nach Jenő Szűcs' Regionen-Theorie). – P.E.

»Mein Herr, du weißt, mein Leben verging im Dienst an meinem Vaterland. Wenn ich also von meinem Leben spreche, meine ich diesen Dienst. Wenn die Welt fertig ist, ist das der Tag des Jüngsten Gerichts. Das Leben hat also einen Sinn, solange die Welt nicht fertig ist. Ich schaffe in der Welt und auf der Welt in der Überzeugung, dass es zu Deiner Ehre geschieht. Ich habe nicht Dich gesucht, ich habe Deine Welt gebaut. Du weißt, dass es so ist.«*

»Wie weiter? Darauf erwarte ich von dir eine Antwort, denn das ist meine Frage. Du pflegst zu antworten, indem du nicht antwortest, auch das akzeptiere ich, denn dieses ›nicht‹ schafft Zeit, gibt Zeit, neue Zeit, in der schon ein anderes Licht auf die Dinge fällt. Oder anders. Du kannst schön schweigen, mein Herr. Du schweigst nicht wie ein Vater, eisig, Rechenschaft fordernd, vielmehr wie das Kind, abwartend, vielleicht sogar ermunternd. Wenn ich dich frage, schweigst du. Und wenn es keine weiteren Fragen mehr gibt, wird das die wahre Antwort sein.«**

---

* Auswertung: Er ist sich über seine Lage sichtlich nicht im Klaren. Aber: wertvoll, verwendbar!

Bemerkung: Warum eigentlich wertvoll? Und wie könnten wir es verwenden? Würde das bitte jemand erklären. Wenn sich Genosse Molnár und seine Abteilung nur an den Eiern kratzen, kann nichts Gescheites dabei rauskommen. Mehr Disziplin, bitte! Daran gewöhnen. Dass der Schwanz ja nicht mit der Volksherrschaft wedelt! – P. E.

»Ich habe mit Wien verhandelt, ich habe mit meinen Landsleuten verhandelt. Das Heil der Nation segelte mir vor Augen. Auch mir gereichte es nicht zum Nachteil. Dennoch frage ich jetzt, zu welchem Ende?«

»Ich bin ein Macher. Ich schmeichele meinem Land nicht, ich diene ihm. Gelobt sei der Herr. Er redet nicht, er arbeitet. Wenn mit dem Schwert, an der Seite meines Herrn Zrínyi, dann so. Wenn in Reformangelegenheiten mit der Feder an Wien, dann so. Dennoch muss ich jetzt fragen, warum? Zu welchem Ende? Wer bist Du, mein Herr, und wer bin ich? Ich weiß, eine schlechte Frage. Als wäre ich erblindet, sehe ich nicht die im Nebel sich verlierenden Hänge, den im morgendlichen Sonnenlicht sich streckenden Ipoly, die grandiose Donau, und ich sehe nicht die zahllosen mutigen und edlen Frauen und Männer. Vaterland der Selbstsucht, Ränkesucht, Unbildung und Engstirnigkeit. Mach mich sehen.«

»Denn wenn dies das Antlitz meines Landes ist, dann kann auch meines nicht viel anders sein. Doch nicht das interessiert mich, vielmehr, was daraus folgt. Ich blicke auf mein Vaterland, und ein Fremder sieht mich an. Erfülle die tote Ader meines einsamen Herzens, himmlische Güte.«

** Nach einer fremden Idee. – P. E.

[siebenundsiebzigste Seite]

Entweder wir sagen, das ist eine leere Seite, und das Leere, das noch Leere (so ist formal nichts daran auszusetzen) versehe ich mit einer Fußnote*

---

* oder wir sagen, ich pfeife auf die weltliche, sich von selbst verstehende Wahrheit und Pflicht, dass es, wie es kein Ferkel ohne Sau, keinen Schmetterling ohne Raupe, so auch keine Fußnote ohne möglichen Haupttext gibt°

° wenngleich in der Teilchenphysik Ursache und Wirkung einen seltsamen Tanz beginnen, fällt uns zu Recht jene Frage des Dichters ein: Worin besteht die Fußheit des Fußes (Szabolcs Várady); pfeifend also auf das, worauf zu pfeifen ist, mache ich unmittelbar Fußnoten.

Lasst uns, wie es heißt, eine Atempause machen und sehen, wo wir eigentlich sind. Unsere Zeitpunkte verrutschen zwar etwas, aber wann sollen sie verrutschen, wenn nicht im siebzehnten Jahrhundert, vorausgesetzt, wir betrachten vom einundzwanzigsten. Zsigmond Kara wurde als Säugling von den Türken geraubt, seine Eltern wurden umgebracht, er sah die Gedärme seines Vaters wie die eines Schweins (Ferkels? Sau?) aus dem Bauch quillen, sah seine Mutter unter den sich windenden, pulsierenden Körpern der Janitscharen. Und sah nicht, wie ihn in zwei kurzen Jahren die Schwindsucht dahinraffte, er wurde immer dünner, immer blasser, er starb allein, stumm, anonym, und auch seitdem betet keiner für ihn, auch nicht Kara.

Er wurde Koch in Stambul, gelangte nach Ungarn zurück◊

◊ das schildere ich jetzt ein bisschen. – P.E.

[achtundsiebzigste Seite]

Infolge ein und derselben Sache gewann und verlor Kara die Gunst. Das kam so:

Einmal besuchte der Großherr, Beylerbey Hassan, unerwartet die Küche. Die Augen verdrehend eilten ihm die Diener a latere hinterher, sie wussten nicht, was sie falsch gemacht hatten, doch sie wussten, sie würden es wissen und das würde nicht gut für sie sein. Ihr Herr blieb plötzlich am Fuße der Marmortreppe stehen, sie stockten stutzend hinter ihm, in der Küche aber blieb wie auf ein Zauberwort das Leben stehen, keiner wagte sich zu rühren.

Ausgenommen der junge Zsigmond Kara, der nicht mit dem Rühren des Essens (Meeresfrüchtepilaw, seine Spezialität!) aufhörte, versunken kostete er, rührte, kostete, er nahm sichtlich nichts wahr, denn sichtlich war der Topf (die Pfanne?) ihm dort, in diesem Moment, alles.

»Hund«, zischte ihm der diensteifrigste der Diener, der Oberdiener, zu, »wie kannst du es wagen?!«

Der Beylerbey beobachtete abwartend den jungen Mann, er hatte noch nicht über dessen Schicksal entschieden.

Kara, ohne auch nur den Kopf zu heben, antwortete aus der Pilawwelt heraus.

»Ich wage unserem Herrn etwas Gutes zu kochen. Etwas Gutes und gut, darin besteht das große Geheimnis.«*

---

* Ich fresse einen Besen, wenn er tatsächlich das gesagt hat.° – P. E.

° Das ist nämlich eine berühmte ungarische Gedichtzeile vom Beginn des neunzehnten (!) Jahrhunderts. – Anm. d. Ü.

Er hatte Angst und war aufgeregt, der langen Rede kurzer Sinn: neubegierig. Außer dem eigenen, unreifen Körper kannte er noch nicht den anderen. Der Beylerbey hatte damals die vierzig überschritten*, er war von kräftiger, opulenter Statur, hier und da von den heimtückischen Lanzen der unerbittlich vergehenden Zeit verletzt.

»Setze dich zu mir«, sagte er nach dem Ende des Abendessens zu dem Jungen, »setze dich zu mir und erzähle, langsam, ausführlich, was ich eigentlich gegessen habe. Sprich und streichele unterdessen den seidigen Saum meines Kaftans.«

Mehr Worte gab Großherr Hassan nicht von sich, dafür Töne. Er schniefte, keuchte, greinte auch ein wenig wie ein kleines Kind. Er wimmerte, das ist der richtige Ausdruck. Kara spürte plötzlich die Macht. Der Mann legte dem Jungen die Hand auf den zerbrechlichen Nacken. Die Hand bewegte sich hin und her, ihr Zeigefinger lief auf und ab, dann rutschte das ganze »Gefüge« tiefer, blieb bei den Schulterblättern stehen, umfuhr die beiden dünnen, herausstehenden Knochen und verirrte sich dann nach rechts und links hin zu den Rippen. Der Junge spürte ein Kitzeln, doch er wusste, er durfte nicht lachen, das war ernst. Er liebte diesen Ernst, sehnte sich nach ihm.

Neben der Wand standen mit regloser Miene, in verzierte Seide gekleidet, die Mohrensklaven, ihr Blick verlor sich im

* Das schönste Beylerbey-Alter! – P.E.

Nichts. Oder im Unendlichen. (Interessanterweise ist das dasselbe.) Das heißt, sie sahen nichts; nichts sehen, nichts hören, nichts sagen. Das war für sie die Bedingung, um am Leben zu bleiben. Da erreichte die Hand des Beys das Kreuz und verirrte sich auf den Hügel des Steißes. Woraufhin der Junge sanft den Kopf auf die Schulter des Mannes senkte und dessen Nacken küsste.

Als würde er aus einem Traum hochschrecken, stieß der Bey den Jungen wütend von sich.

»Was bildest du dir ein, wer du bist?!«

Kara errötete. Er hatte sich nichts sehnlicher gewünscht, als dem Mann nahe zu sein, in den Schutz dieses großen, Sicherheit verleihenden, reifen Körpers zu schlüpfen. Auf allen vieren kletterte er zu dem Mann zurück.

»Du bist wunderbar«, flüsterte er und ließ den Kopf in den Schoß des Beylerbeys sinken.

Keiner von beiden rührte sich.

Er wurde Koch in Stambul, gelangte nach Ungarn zurück, in die Dienste der Nyárys, so wurde er nach kurzer Zeit Küchenmeister in der unter Pál Nyárys Oberhauptmannschaft stehenden Gedőcser Burg (dem burgartigen Schloss).

Pál Nyáry war – noch vor Beginn unseres Textes! – gealtert. Er hatte in seinem Leben viel erreicht, doch gerade das, was er sehr wollte, nicht: Er hatte keinen Frieden zwischen seinem Herrscher und seinem Volk zustande gebracht. Und da habe ich mich noch taktvoll ausgedrückt: Er saß zwischen allen Stühlen: Weder der Wiener Hof noch seine nörgelnden Landsleute trauten ihm.

Er empfand Neid gegenüber dem Menschen des Mittelalters, der auf Gott vertraut hatte.*

Sein Halbbruder ist Graf Heinrich Schweidenfeldt, die uneheliche Frucht eines frühen Fehltritts ihrer Mutter Klára Keczei. Der wankelmütige Charakter des Grafen ist vermutlich die direkte Folge der sich außerhalb der Ehe verschafften Wonne. Die ihm widerfahrene Wiener innenministerielle Erpressung gibt er an Bárány weiter, der wegen seiner Lei-

---

* Akutagawa: *Das Leben eines Narren.* – P. E. (Ich möchte nicht das Haar in der Suppe suchen, doch wenn die Seite die Fortsetzung der [siebenundsiebzigsten Seite] ist, dann ist *diese* Fußnotenform mimimo calculo inkonsequent. Wenn das so ist, weil nur der Ochse konsequent ist, dann verstehe ich es, auch wenn ich mich nicht freue. – P. E.)

denschaft für Kara schutzlos ist. Bárány also hat sich in den dreißig Jahre weniger als er zählenden Koch verliebt, mit der wilden Leidenschaft des Körpers und der süßen des Herzens. Kara genoss die Situation – und auch Báránys Körper, selbstverständlich; an Herzensangelegenheiten dachte er nicht. Aber das ist doch komplizierter; über die Zusammenhänge von Körper und Herz, Genuss und Seele, Liebe und Wollust, wenn auch nicht mit dem Anspruch auf Vollständigkeit … aber schauen wir uns das ein bisschen konkreter an. – P.E.

[einundachtzigste Seite]

»Liebes Fräulein, ich fresse Sie«, Hauptmann Mihály Bárány schloss die Augen, andächtig, als neigte sich der Tag dem Ende zu. »Ich weiß minutengenau, wann ich dich das erste Mal sah. Ein Geschöpf des Herrn das andere, samt Seele, Herz, Leib. Unser Priester, Pater Gerendás, der ein verständiger Mann ist, wiewohl sein Verstand zuweilen eine unerwartete Wendung nimmt, er ist ein Freund alles Neuen, ausgenommen die Gedanken der protestantischen Hunde, auch zu predigen pflegt er lieber aus Verstand denn aus Glaube, so ist das, was er sagt, wenigstens nicht pfäffisch, was ohnehin schon weit vom Turm her stänke, er sagt, der Homo sapiens entscheide innerhalb von fünf Sekunden, was er gegenüber dem anderen fühlt. Es entscheidet auch nicht er selbst, vielmehr sein Körper, seine Knochen, seine Gedärme, seine Lunge, seine Leber, sein Blut, die Zellen*, sie entscheiden, und die Sanduhr der gemeinsamen Geschichte beginnt zu rieseln, ob du es willst oder nicht, ob du es weißt oder nicht.«

---

* Ein Ausdruck, cellula, von Robert Hooke, der im selben Jahr wie Pál Nyáry geboren wurde. Gerendás hat das Wort vermutlich im Findelhaus gehört. Über die Korrespondenz zwischen Nyáry und Hooke schreibt Mordechai Feingold enorm seltsam, aber anerkennend in seiner grundlegenden Arbeit über die Royal Society. – P.E.

[einundachtzigste Seite*]

»Liebes Fräulein, ich fresse Sie.«

Als wären es Lebewesen, brodelten die Töpfe nicht weit entfernt. Báránys nackter Körper war in den wilden Duft von Mufflongulasch gehüllt. Er wird später kaum davon essen, er weiß noch nicht, dass der abendliche Empfang des Hollandus, der Einladung nach ein Abendessen, kein Abendessen sein wird, vielmehr eine Wiener Labanzenfigurierung**, geschmackvolle, kleine Verlockungen, gut für Frauenknabberei.

»Die Wunde sah ich zuerst.«

»Du warst ein Fremdkörper in der Landschaft, dein dünner, schmächtiger kleiner Leib.«

---

* Die sich wiederholende Seitenzahl symbolisiert, dass für die Verliebten die Zeit stehenbleibt. Oder sich weitet, unendlich wird. András Bágya (Musik) und György G. Dénes (Text) drücken das folgendermaßen aus: »Es bleibt die Zeit stehen, am Himmel stumm und klein die Sterne stehen / während hier unten nur wir beide gehen / schweigend uns ansehen.« Wenn es geht, hören wir das in der Version von Ilona Hollós (https://www.youtube.com/watch?v=Zbd_lVjY7lk), vor allem das »auch kein verliebtes Wort erklingt«. Der Version von Bea Palya (https://www.youtube.com/watch?v=PoqkfKqfUxc) kann man nicht ruhig folgen, denn dort bleibt die Zeit stehen. – P.E.

** Figura vindobona. Man verwendet es auch im Sinne von »große Klappe, nichts dahinter« (siehe Miklós Bethlens Memoiren). – P.E.

»Du warst* der Stärkere, ich habe deine Macht über mich immer gespürt. Und du hast sie mich auch immer spüren lassen, von dem ersten Augenblick an, in dem deine Wunde mich ansah. Ich wusste, deine Einsamkeit war an mich gerichtet, deine Fremdheit, wie deine Hände herabhingen, wie die eines Toten, und keiner da war, der sie angefasst hätte. Ich ließ dich zum Hausarzt des gnädigen Herrn Nyáry bringen, eine Frau, wer hätte das gedacht, Ilona Koller, ein Frauenartiges. Nyárys können sich das erlauben.«

* Bist. – P.E.

»Von da an suchte ich ständig deine Nähe. Du hast lange so getan, als bemerktest du nichts. Das gab mir Hoffnung. Auch alles andere hätte mir Hoffnung gegeben, denn die wollte ich, Hoffnung, woher auch immer.

Auch deine blutige Wunde gab mir Hoffnung.

Auch der nahe Atem des Todes gab mir Hoffnung.

Selbst noch deine Hoffnungen weckende Genesung gab mir Hoffnung. Aegroto dum anima est, spes est. Für den Kranken besteht Hoffnung, solange er atmet. Cicero.

Über die Klinge springen lassen, Cicero lesen. Ich habe dich tausendmal ausgespäht, ich war glücklich, wenn ich nur einen Blick auf dich werfen konnte. Est felicibus difficilis miserarium vera aestimatio. Für den Glücklichen ist es schwer, das Elend zu beurteilen. Cicero.* Vögeln und vögeln und Cicero lesen.

Ich war glücklich, glücklich und unglücklich.** Aber der glücklichste und unglücklichste war jener erste Moment, als du wie die Pietà auf der Bahre hingst, auf der von den beiden starken, beinahe fröhlichen Frauen geschleppten Bahre. Ich wurde von Hitze überspült, und die Kraft wich mir aus den Knien, dazu sagt man, dass einem die Knie zittern, aber sie zit-

* Quatsch Cicero! Quintilian. – P.E.

** »Ich würde gern, das ist mein Ehrgeiz, meine Hybris, von dem Glück der letzten beiden Jahrzehnte des Lebens meines Vaters berichten.« [erste Seite] – P.E.

terten nicht. Alles andere zitterte, du zittertest, innen, außen, die Knie klappten eher zusammen, als wären die Knochen weich geworden, ich musste sie anfassen, um zu spüren, dass ich noch Knie habe, um zu spüren, es gibt die Welt, um zu spüren, es gibt den Schöpfergott, um zu wissen, es gibt dich.

Ab jetzt würde ich nie mehr alleine sein, das wusste ich.«

[einundachtzigste Seite]

»Ständig habe ich die Gelegenheit gesucht, dich zu sehen. Ich wurde fremd im eigenen Haus. Ich fiel schluchzend auf das Kanonenrohr. Eine schöner noch als schöne, körperlose Liebe.* Erhaben erhaben. Das habe ich mir eingeredet. Aber ich kann nur an deinen Körper denken. An deinen Rücken, deine Schenkel, nicht an deine Seele.

›Mein Herr Hauptmann, na und die spirituellen Dimensionen, he?!‹, rief unser Feldgeistlicher, Hochwürden György Gerendás, Namensvetter des Katholiken Péter. Sicher, da hatten wir schon reichlich zu saufen. ›Im Körper zu leben ist der Tod!‹, jauchzte er erneut. ›Und darauf trinken wir.‹

Ich lebe ausschließlich im Körper, das ist mein Leben, das war es, ist es jetzt, wird es sein. Ich lebe im Körper, ich werde auch im Körper sterben. Der Schöpfer wird selbst zu einem Geschöpf, zu Tausenden Würmern und besucht mich in meinem Sarg. Wir werden eins sein, wie Teresa von Ávila betet.

Ich denke an den Körper, an meinen und an deinen**, wie an die Natur.

Dein honigfarbenes Haar schmiegte sich in Ringeln an die Schläfen und in den Nacken, die Sonne erleuchtete den Flaum des Rückgrates.*** Ich sehe deinen Flaum, ich sehe ihn immer, denn ich schaue dich immer an, mit offenen Augen, mit geschlossenen Augen. Liebes Fräulein, ich fresse dich.«

---

* *Keine Kunst*, Berlin Verlag 2009, S. 200 – P. E.

** An seinen, an unseren, an euren, an ihren. – P. E.

*** Thomas Mann: *Tod in Venedig* – P. E.

»Nennen nicht du mich Fräulein«, sagte Zsigmond Kara faul. »Warte, ich füge noch das Gulasch ein und komme. Meine ängstig nicht, tapfere, ungarische Liebe, ich komme*, ich komme für dich zu dir.«

»Ich sehe seinen geschmeidigen, jungen Körper. Entweder habe ich mit meinem Herzen nichts gemein oder mit allem anderen.«

* Ich komme, ich bin gekommen – diese sexuellen Konnotationen sind Zufall. Ich finde es nicht wichtig, diesen Zusammenfall unter Anwendung des Formulierens zu vermeiden. Es sei denn so. – P. E.

[einundachtzigste Seite]

»Nennen nicht du mich Fräulein. Schließen die Augen. Keine Bewegung. Lass mich, ich verwöhnen, ich in dich schlüpfen, von innen lieben, hinein streicheln. Kein Draußen und Drinnen, ich Streicheln verheeren Draußen, Drinnen, verheeren Unten, Oben, Himmel und Erde dasselbe Berührung. Kein Tags und Nacht, Schmerz und Wonne dasselbe, dasselbe ist. Du und ich dasselbe. Das wollen ich mache. Für dich ergo für mich.«*

Bárány war bereits um die fünfzig, in diesem Alter respektiert der kluge und sorgenfreie Mann von Welt mehr und mehr sich selbst, zuweilen auch gegen seinen Willen.

»Reglos. Unsere Körper berühren einander an einem einzigen Punkt, dort fließt er in mich hinüber und ich in ihn: Seine Zunge berührt mein Ohr. Seine behutsame Zunge wandert am Rand meines Ohres entlang. Sie gibt mir zu verstehen, dass ich nicht das tun kann, was mein ganzer Körper verlangt: mit allem in ihn hinein. Ich kann ihm nicht in den Mund schreien, in seinen alabasternen Brustkorb, seinen

---

* Genaueres weiß ich nicht, doch fügte es sich auf irgendeine Weise so, schreibt Dostojewski auf der zwanzigsten Seite irgendeiner Ausgabe der *Karamasows* [ja, aber nur in der entsprechenden und mühsam recherchierten Übersetzung, nämlich der von Hans Ruoff und Richard Hoffmann – H.F.], was ich nur verschämt wiederholen kann. – P.E.

Schoß.* Doch ich könnte wenigstens mein Ohr seiner Zunge zudrehen, seine Zunge in meine Ohrmuschel ziehen, um sie so in mich zu drängen, bohre sie mich dort auf, schwimme sie in mich hinein im Schaumschlag ihres Speichels.«

Weitere gesammelte Gedanken:

Nein, nein, nein. Er müsste stark sein.** Oh, wie viele Male hatte er schon so bei sich gesprochen. Man kann genau sagen, wann: Einerseits wenn der Türke angriff – neuerdings selten und faul, lediglich damit klar werde, wir sind Feinde, keine Nachbarn, Besatzer und keine Logiergäste, und Allah ist größer als jeder, größer sogar als Christus und die Propheten –, die häufigen Hauptmannspflichten, sozusagen Patriotismen, ordneten auch die Liebe anders gearteten Wertekalkülen der Gemeinschaft unter,*** andererseits wenn ihn gerade jedes Verlangen verließ und in der Leere die ratio, das Verantwortungs-

---

* Seinen Schwanz. – P. E.

** Er ist auch stark. Nur dann wird er schwach. – P. E.

*** Das ging umso leichter, als wir noch vor der großen Französischen Revolution sind. Ganz davon zu schweigen, dass in diesen Gefilden das patriotische Ficken auch später keine strahlende Zukunft erwartete. Von heutigen Beispielen sehe ich ab, denn die Aktualisierung lässt nicht nur den aufgerichteten Schwanz erschlaffen, der, maßgeblichen Meinungen zufolge, die Bedingung für das Ficken wäre, vielmehr verengte es auch den Gesichtskreis des Romans, jenen berühmten Horizont. Und nun, unter ein gewisses Niveau zu sinken, geziemt sich auch in den Fußnoten nicht. – P. E.

gefühl* ihre Zelte aufschlugen und er kühl schnurstracks um das Wort bat.

Doch der Türke kehrt in sein Winterquartier zurück (und hinterlässt uns herausgeschossene Fenster, eingebrochene Türen und einen am Tag seiner Abreise überreichten Präsentkober; dem zumeist die ebenfalls vertrauliche Vergeltung mit Weinen aus dem nahe gelegenen Tokaj folgt), und das Verlangen wächst alsobald wie der Riesenbovist nach dem Regen. Ja, ja, ja.

Er könnte ihm jahrelang nur das Gesicht streicheln. Wir hätten haben würden Buda schon längst zurückerobert haben, und er wäre immer noch auf der strahlenden Böschung der Stirn. Dieser kleine Schwanzlutscher weiß gar nicht, wie instinktiv alles an ihm zu Hause ist. Sicher.

Er kann denken, jetzt wäre es gut zu sterben. Diese ganze unbekannte Schönheit und Sehnsucht mitnehmen, so wie es ist, als Ganzes unbegreiflich. Ein rumorendes Herz und Vaterland. Ungarische Schwerter in die türkische Brust, türkische Krummsäbel zwischen ungarische Rippen. Doch zuvor lass uns noch ein wenig ficken.** Die Strahlen der niedergehenden

---

* Und noch etwas, aber das fällt mir jetzt nicht ein. – P. E.

** Kurz und gut, ständig landen wir bei irgendeinem Beischlaf oder allgemein beim Sex. Das ist nicht in Ordnung. Es bräuchte mehr Landschaftsbeschreibungen. Oder glorreichen Freiheitskampf. Aufopferungsvolles Streiten für das Volk. Die Wahrheit erforschen. Zumindest aber das Schöne, wenn schon der Hegel'sche Traum von der Verknüpfung des Wahren mit dem Schönen Schiffbruch erlitten hat. Ich erinnere mich gar nicht, wie das genau ist.

Sonne durchbrachen lila ihre eigene Gülde, diese hoffnungsvolle Schwermut bestrahlte die sanft zum Ipoly abfallende Böschung. Morgenschatten brachte Schlaf.* Morgenschatten nahm das Gesicht der Bäume in Schlafeshand.** Des Morgenschattens schlaftrunkene***

Auf jeden Fall bräuchte es mehr Landschaftsbeschreibungen. – P.E.

* Nein. – P.E.

** Nein. – P.E.

*** Konstruiere einen Satz aus den Wörtern Morgen, Schatten, Schlaf, Baum. Denke währenddessen an etwas tierisch Schönes. – P.E.

[zweiundachtzigste Seite]

Gegenüber der mannigfaltigen Gruppe der Männer, besser gesagt, mit ihnen zusammen (von ihnen durchdrungen und sie von ihr) und dennoch entfernt von ihnen steht Zsófia Pázmándi, von ihrem Mann getrennt lebend, aber nicht geschieden (das war lediglich das Privileg der Schwerreichen, nach Rom rennen und es mit Einfluss und Geld regeln), die Herrin des Schlosses von Perény, nicht weit von Pressburg.

Eine Frau, die viel erlebt hat. Solche warteten auf Balzac, damit sie endlich ordentlich – beschrieben wurden. Während sie wartete, hatte auch Herrin Zsófia die dreißig überschritten, sie war nun schon seit fünf Jahren neunundvierzig.

Ihr Sohn ist der hiesige Geistliche, Péter Gerendás. Aber das weiß der Leser jetzt noch nicht. (Und ob er es weiß! Späterer Einschub. – P.E.) Beziehungsweise … nun, wie man es nimmt. Hochwürdens Vater ist János Gellért, Faktotum, kammerdienerartiger Hausherr von Schloss Perény, vor mehreren Jahrzehnten der Geliebte der Herrin. Sie haben einander wirklich geliebt.

Die situationsbedingten Grenzen überschreitet Gellért nie. Zsófia Pázmándi hingegen nimmt zuweilen achtlos die fleckigen Hände des Alten, streichelt sie.

»Du warst mein guter Schatz, alter Knabe.«

»Ja, meine Dame.«

»Unermüdlich, stark. Sehr stark.«

»Mag sein, meine Dame.«

»Geh zum Kuckuck, hol Chartreuse.«

Die Beziehung der Frau zu Nyáry ist rätselhaft. Das ist bisher nicht herausgekommen und wird es auch nicht. Die Erklärung liegt außerhalb der hundert Seiten, so sieht es aus. Dann irgendwo anders, zu einer andern Zeit, auf anderen hundert (oder nicht hundert) Seiten. Hier, in diesen paar von der Fußnote in den Haupttext-Adelsstand erhobenen Zeilen, kann ich dennoch erwähnen, dass diese Beziehung tief ist. Sie ist vielleicht, denke ich, so etwas wie eine Kindheitsliebe. Die kleine Zsófi steht nackt in dem klaren Bächlein (eine leichte Sterne-von-Eger-Anspielung), hinter den Büschen, über den Hals seines Pferdes gebeugt, den Atem anhaltend, der hoffnungsvolle Nyáry. Er betrachtet jenes magische Dreieck (siehe den Traktat über die nichteuklidischen Weiber), er wird es niemals vergessen, es brennt sich ihm gleichsam ins Gedächtnis.

Danach trieben nationale und familiäre Politik sie voneinander fort, doch es blieb ein tiefes, intimes Vertrauen zwischen ihnen. Der Mangel, den sie spürten, wenn sie an ihr Leben dachten, verkörperte sich im anderen. Deshalb hatten sie auch Angst, sich wirklich nahezukommen. (Und es wäre auch nicht einfach gewesen, so nah, wie sie einander waren.) Sie hatten Angst vor ihrer Liebe. Die nicht erfüllte Liebe als Erfüllung, als allzu reale Verheißung des Glücks – eine bekannte psychologische Falle. Das heißt Lösung.

Diese Feigheit verband ihre mutigen Leben.

An dieser Stelle weiß das Buch, und so auch der Leser, bereits, dass Zsófia Pázmándi auf der [vorletzten] Seite Nyáry erschießt. Ich halte es nicht für ausgeschlossen, dass die Frau auf diese Weise versuchte, ihn zu retten. Damit er keine Verfehlung beging. Denn damals hatte Nyárys Beschattung oder zumindest deren Vorbereitung, die Bearbeitung seines guten Mannes, Báránys, bereits begonnen, dessen alsbaldiger Fall keinen Schatten auf seine aufflammende Liebe werfe, durch die sich auch der brave Ungar auf dem Dach (der Stirn) der Welt fühlt, dem Herrn nah, von dem er nun sicher zu wissen vermeint, er sei der aufrichtige Freund der Liebenden. Ich bemerke, die anthropomorphe, in menschlichen Maßstäben denkende Auffassung vom Herrn und den mit ihm verbundenen Begriffen (Vater, Liebe, Fürsorge) ist die Quelle von viel, großem und tiefem Leid.

Gleich einer Hintergrundmusik setzte der Erinnerungsfluss des alten Nyáry ein,* und man kann ihn fließend nennen, Bilanz und Gebet oder Bilanz, die Gebet ist, doch der Herr fiel unterdessen (konkret, in der alltäglichen Wirklichkeit) aus der Handlung heraus, er blieb dort mit Kater Gizi im Garten. Ich erinnere nur daran, ich habe kein schlechtes Gewissen.

---

* In Miloš Formans schon in Amerika gedrehtem Film *Herr des Schlosses* (im ungarischen Verleih: *Ring mit gelbem Stein*) gibt es eine erschütternde Szene, in der der junge Nyáry am Fuße des Sterbebetts seines großmächtigen Vaters steht und schluchzt. Er schnieft eher, als fände er nicht ins Schluchzen. Dadurch scheint es, als probierte er eine Rolle (Rolle in der Rolle), was den Augenblick spielerisch und leicht, zugleich düster und noch dramatischer macht. Hinter dem Bett an der Wand hängen furchteinflößende Felle wilder Tiere herunter. In der Tür gucken Frauen sorgenvoll, mit übertriebener Mimik wie im Stummfilm. Lange wissen wir nicht, warum der kleine Palkó weint.

Während langsam jeder den Abend des Hollandus erwartet, der dem Schicksal Europas und so dem unseres Landes eine neue Richtung weisen kann, macht sich Zsófia Pázmándi bereit. Sie erhielt ihre Geschichte, aus Ruhm und Schuld. – P.E.

[dreiundachtzigste Seite]

Auf der [vorletzten Seite] wurde Pál Nyáry erschossen, die hereinstürzenden Diener fanden lediglich eine Damenpistole, von der sich schnell herausstellte, wem sie gehörte. Im Prinzip ist zwischen der letzten und der vorletzten Seite nichts. (Es sei denn, eine andere vorletzte Seite.) In diesem Nichts taucht verstört Graf Schweidenfeldt auf, um die arge Mörderin seines Bruders, seine eigene Ehefrau, festzunehmen.*

Wenngleich er Gellért, der sich mit der Überlegenheit der erfahrenen, geborenen Kammerdiener vor ihm verbeugte, zur Seite stieß, so dass dieser, den Kleiderständer des Antichambres umwerfend, bis zu dem als Vorzimmer der Küche geltenden kleinen Flur stürzte, das heißt, als hätte sich der Graf zu der Aufgabe in Rage gebracht, trat er dann doch so in den Salon wie auf eine Bühne, genauer gesagt, nur hinter den Bühnenvorhang, um von dort aus zu beobachten, was gerade auf der Bühne geschah.

Zsófia Pázmándi tobte.

Sie schien systematisch das Zimmer, die gesamte Einrichtung liquidieren zu wollen. Die halbmannshohen, verzierten (und sehr teuren) chinesischen Vasen waren bereits kurz und klein geschlagen, die letzte hob sie gerade über den Kopf, machte mit ihr wie mit einem kleineren Bierfass zwei Schritte und schleuderte sie in den großen barocken Standspiegel.

---

* Fuck/Tausendsackerment, wenn das keine Handlung ist, dann weiß ich nicht, was. – P. E.

»Nein«, flüsterte Schweidenfeldt unwillkürlich, doch sogleich fiel ihm ein, dass in dem Salon alles ein Geschenk Nyárys war. Während Bild und Spiegelbild eins wurden, die Welt explodierte, Glas und Porzellan durcheinanderspritzten.

»Was machen Sie, meine Liebe?«, flüsterte der Mann vor sich hin. Die Frau machte ungerührt weiter, eine Furie, ein Wirbelwind, mit einer Bewegung fegte sie alles von der Kommode, die vom Silberrahmen geschützten Fotografien*, die winzigen Silber- und Porzellanfiguren und eine Károli-Bibel.** Keuchend hielt sie inne, blickte sich heiter inmitten der Zerstörung um. Der Mann starrte wie gebannt. Auch ihm kam das heiße, rosafarbene Beben in den Sinn.***

»Was machen Sie, meine Liebe?«, fragte er so schön wie früher.

»Ich fürchte, du Hundsfott****, ich fürchte, ich bete.«

---

* Mehr Disziplin! Es ist doch das siebzehnte Jahrhundert! – P. E.

** Ich habe sie im Nachdruck; die Lektüre ist ein großes Erlebnis. In einem barocken Text spricht Gottes Gegenwart stärker. Das ist selbst dann so, wenn es Schwachsinn ist. – P. E.

*** Denn ein paar Minuten zuvor war es auch János Gellért in den Sinn gekommen – doch aufgrund derart komplizierter Assoziationen, dass ich es nicht erwähnt habe. Natürlich ist von der schon pornographischen Erinnerung an Zsófia Pázmándis Brüste die Rede. – P. E.

**** Mein Freund. – P. E.

László Genzwein konnte zwar nicht beten, dennoch besaß er jene Himmelsleiter: Er nahm den Herrn ernst: insofern er nicht an ihn glaubte, entschlossen, aber auch erschrocken und sehr griesgrämig. Man könnte sagen, der Ort des nicht existierenden Gebets war genau abgesteckt. Es war zu sehen – offensichtlich dort, wo das Gebet gewesen wäre, wenn jemand gewesen wäre, der es gebetet hätte.

»Sehr verdreht, mein Sohn«, sprach* der Herr fröhlich, was Genzwein gleich einem von dem großzügigen Herrgott erlaubten Spiel als den eigenen plötzlichen Gedanken, den

---

* Ich erwähnte, der Herr redete (donnerte, schwafelte) im siebzehnten Jahrhundert mehr als in dem heutigen postmodernen Dingsbums. Beziehungsweise gibt es diesbezüglich einen ewigen Streit, denn die Agenten des Herrn, kluge Engel im Boss-Anzug und mit Pokerface, behaupten, das sei nicht wahr, reine Verleumdung, der Himmel sei sehr wohl offen für Kommunikation, die Menschheit solle sich nur die verdammten verschmalzten, dreckigen liberalen Ohren waschen, Verzeihung, daher noch einmal, der Himmel ist offen, offen, nur der Mensch, der Mensch, das heißt der Mensch als solcher, ist gar nicht dem Himmel, vielmehr geradewegs sich selbst untreu geworden, sich selbst, geschaffen Ihm zum Bilde, das Ihm gleich sei, nicht wahr; das war's, danke, danke, auf den Sitzen finden Sie noch Informationsbroschüren, gelobt sei des Herrn unendliche Güte. Wie viel mag so ein Anzug kosten? Mindestens eine halbe Million [Forint – H.F.]. – P.E.

eigenen selbstironischen Kommentar hörte. Er war kaum älter als vierzig*, dennoch wirkte er alt. Die Einsamkeit macht alt, pflegte seine Mutter zu ihm zu sagen, und das bestätigte auch der Herr. Wir wählen die Einsamkeit nicht, sie wählt uns.**

Wiener Odeur, der Duft der hohen Herrin Pázmándi noch in Körpernähe. Früher hatte er nicht daran gedacht, dass er den Tod verkauft. Früher hatte er auch nicht an den Tod gedacht. Er hatte an die Wildschweine gedacht und die Auerhähne. Oder ob das vielleicht für Elche ist? Und er hatte Dinge gesagt wie Miquelet-Schloss oder flintlock system***, derlei Dinge.

Das langsame Verschwinden des Duftes erinnerte ihn nicht an die natürliche Ordnung der Vergänglichkeit, son-

---

* Also Genzwein; vom Herrn wäre es schwer zu sagen; ich denke, vierzig und einundvierzig *zugleich*, zum Beispiel. Die Schauspielerin Edit Domján (1932–1972) war so alt, als sie Selbstmord beging. Damit will ich nicht auf etwas abzielen (»sondern, haha, treffen«), ich erwähne nur, dass es so etwas gibt. Sie war so eine reizende kleine Frau, man konnte ihr ansehen, sie würde ewig leben. Es wird also gut sein aufzupassen. – P. E.

** Na, deshalb kann ich die Literatur gut leiden, weil sie sozusagen wie nebenbei, unterhaltsam derart tiefe, wichtige Erkenntnisse vermittelt. Die Einsamkeit ist wie ein attraktiver Junge, er tritt zu uns, berührt uns gerade nur, aber wie leicht, und wir können nicht widerstehen. Das Bild muss man noch mit dem Altern, dem Verwelken, dem Dahinschwinden in Einklang bringen. – P. E.

*** Wie wir wohl wissen, eine Steinschlosspistole, graviert, mit verzierter Schlosskonstruktion. – P. E.

dern unerwartet an etwas Brutaleres und Allgemeineres, an die alles, aber wirklich alles auffressende Macht der Vergänglichkeit, über die er als Waffenhändler viel wusste, jetzt aber ließ ihn doch der fragile Parfumduft etwas verstehen. Er nahm Waffenmeister János Némeths Stück vom Regal …

»Sattelpistole, balkantürkisch«, redete der Herr gleichmütig dazwischen, »mit gravierter Messinggarnitur, Miquelet-Schloss. Nussholzschaft mit Rindslederüberzug. Der Knauf, auf dem Messing- und Elfenbeineinlagen zu finden sind, ebenfalls aus Nussholz. Abzugshahn kugelförmig, wie für orientalische Pistolen typisch, findet man an der Waffe keinen Abzugsbügel.«*

»Du sprichst gut, wenn du sprechen könntest«, Genzwein nickte und schoss sich, die Pistole an die Stirn hebend, in den Kopf.

Im Augenblick seines Todes geschah außer dem Tod nichts. Dieses Nichts führte ihn zu seinem Tod, nichts sonst.

* Meines Erachtens fügte er noch hinzu: nemeth-diszfegyverek.hu – P.E.

Die hohe Herrin Zsófia Pázmándi mochte Waffenhändler László Genzwein oder, wie er in ganz Pressburg hieß, »Pál Nyárys Büchsenkrämer« nicht. Denn sie traute ihm nicht. Denn sie traute griesgrämigen Menschen nicht. Doch er hatte in der Gegend die feinsten Sachen, deshalb kamen die Menschen zu ihm, die Männer, wie Frauen zu einem Tuchhändler oder Fleischer: auswählen, genießen.

Genzweins Traurigkeit wurde mehr oder weniger von seiner Liebe zur Sache überdeckt, seiner Neubegier und Aufmerksamkeit gegenüber den Dingen und Käufern. Zsófi Pázmándi stellte, als sie in den winzigen, aber eleganten Laden am Marktplatz trat, überrascht an sich fest, dass sie aufgeregt war. Infolge ihres Alters und Ansehens und ihrer Position konnte sie nur mehr selten in diese Lage geraten. (»Wenn ich mich verspäte, verspäte ich mich nicht, vielmehr kamen *die* zu früh.«)

»Genzwein, zeige Er mir etwas Schönes.«

»Ich zeige hier den Tod, meine Dame, und der Tod ist nicht schön.«

»Genzwein, ist Er verrückt geworden? Oder verkauft Er neuerdings auch Philosophey, nicht bloß Schießgeräte?«

Der Händler sog einmal tief* von der Duftwolke ein, die die Frau umgab. Er schloss die Augen.**

»Genzwein, schläft Er? Nun, schlafe Er nicht! Zeige Er mir diese Frauenpistolen.« Jetzt war sie aufgeregt. »Sage Er, wofür pflegen die fürtrefflichen Vertreterinnen meines Geschlechts sie zu kaufen?«

Der Mann zuckte gleichmütig die Achseln.

»Ich weiß es nicht, meine Dame. Mode. Sie steht gut vor dem Spiegel. Seltener, um den Liebhaber zu bedrohen. Wofür bräuchten Sie sie?«

»Ich werde jemanden erschießen.«

»Sie belieben jemanden zu ermorden?«

»Genau das, Genzwein. Und Er weiß das wohl. Eben erwähnte Er geheimniskrämerisch, Er handele mit dem Tod.«

»Ich muss nicht alles wissen, was ich weiß.«

»Genug davon. Früher hat Er nicht so viel geredet.«

»Früher beliebten Sie keine Pistolen zu kaufen.«

»Jetzt beliebe ich.«

»Ist etwas passiert, meine Dame?«

»Diese Frage darf Er mir nicht stellen. Schäme Er sich. Ja, es ist etwas passiert.«

»Kann ich helfen?«

»Deshalb bin ich hier. Doch seit Minuten raspele ich hier nur Süßholz mit Ihm.«

»Ich bitte um Verzeihung. Doch auch das denke ich nicht aufrichtig. Ein merkwürdiger Tag. Als wäre ich dem Himmel näher als dem Perényer Schloss.

Ich bitte nochmals um Verzeihung. Was das kleine Pis-

---

* Erinnern wir uns (wie immer bei diesem Wort beziehungsweise Akt) an John Lennon in dem Lied *Girl*. Pressburg, siebzehntes Jahrhundert, Waffenhändler, Wespentaille, Busen, John – das müsste zusammen funktionieren. Das wäre die Freiheit und Möglichkeit des Lesers. Und sein Genius. – P. E.

** Denken wir wieder an Lennon. Und die Mädchen. – P. E.

tolen-Stück angeht, legen wir eher Wert auf Schönheit oder aufs Praktische?«

»Sie soll auf jeden Fall schön sein* und auf jeden Fall praktisch**.«

---

* Als ob ich meine Mutter hören würde. – P. E.

** Als ob meinen Vater. Doch in Wahrheit keinen von beiden. Es ist amüsant zu sehen (für mich), wie schwer oder, noch eher, wie beschwerlich ich mich damit, mit dem Nichts, abfinde. Beziehungsweise mich nicht abfinde. Oder ich weiß auch nicht. – P. E.

[neunzigste* Seite]

---

* Um ehrlich zu sein, zugegeben, was die Seitennummerierung angeht, habe ich so lange gemischt, gerührt und gequirlt, bis ich den Faden verloren habe, ich müsste hier schreiben, das ist die n. Seite, $85 < n < 100$. Ich könnte noch sagen, dass die der Nummerierung zugrunde liegende Zahlenreihe der Cibofanni-Folge entspricht, was zwar zweifelsohne wahr ist, jedoch besteht das Wesen dieser Reihe gerade darin, dass die Regelmäßigkeiten nach den ersten hundert Gliedern nicht zu konstatieren sind. Das heißt, selbst wenn es wahr ist (auf einer höheren Ebene), wäre es an dieser Stelle plumpe Aufschneiderei, sich allein darauf zu berufen. Der Name geht auf Mariarosa Cibofanni zurück; eine der wenigen berühmten Mathematikerinnen, die die hysterische Meinung ihrer Zeit entweder für eine Heilige oder eine Verrückte oder geradewegs für eine Hure hielt (siehe den nicht nur als interessant, vielmehr als skandalös zu bezeichnenden, deshalb vielleicht auch enorm populären biographischen Band bei Feltrinelli) und die in der Bibliothek des Herzogs von Mantua, wenn auch nicht pro forma, so doch praktisch als Oberbibliothekarin arbeitete und im Themengebiet des Zufalls und der Regelmäßigkeit ihre Traktate schrieb, die ihrer Zeit weit voraus waren und deren Bedeutung der Mathematik erst Jahrhunderte später, im Wesentlichen bei der Untersuchung der Minkowski-Räume, klar wurde.

Es gibt hier noch die nicht erwartete Wendung, dass ein ungarischer Zweig der Familie existiert (ich gehe genealogisch nicht ins Detail, ich müsste auch nachsehen, und so wichtig ist es nicht), die Familie Csibofáni (beziehungsweise wie ich es neuerdings gesehen habe: Csibofány). Auch ich kannte Onkel Feri Csibofáni, sie wohnten auf dem Gelände hinter der Gasfabrik. Wir mochten ihn nicht sonderlich, weil er der Saufkumpan meines Vaters war. Zumindest behauptete meine Mutter das.

Vor einigen Jahren, kurz vor seinem Tod, traf ich ihn einmal auf dem Sportplatz der Gasfabrik, bei einer Matinée am Sonntagvormittag, ich war eher da, um mich zu sonnen, als wegen des Spiels. Die Zeiten ändern sich (et nos mutamur in illis). Er hatte auffallend abgenommen, er sah wirklich aus wie eine alte, böse italienische Marquise. Plötzlich packte er mich am Arm, auf dem Spielfeld passierte nichts, ich blinzelte in dem gelben Licht, er drückte so sehr, dass es weh tat. Er beugte sich unangenehm nah zu meinem Gesicht:

»Dein Vater hat mich gebeten, euch zwei Dinge zu sagen. Mir wäre es lieb, hat er gesagt, wenn meine Kinder wüssten, dass ich in den letzten Jahren meines Lebens glücklich gewesen bin. Damit sie sich darüber freuen. Damit der Schmerz, den ich ihnen bereitet habe, und der Schmerz, den ich meiner Frau bereitet habe, einen Sinn hatte. Also das entstandene Glück den bereiteten Schmerz winzig werden lässt, und dies sehe er nicht vom eigenen, sondern vom Standpunkt der Welt so. Das hat er gesagt. Und sein Leben habe sich geglättet, er freue sich über jeden Tag. Die andere Sache war, da hat er schon nicht mehr getrunken, dass er mir plötzlich ins Gesicht geschrien hat: Mag sein, dass ich Gott verlassen habe, aber Gott hat mich nicht verlassen. Sag ihnen auch das, hat er gesagt.«

Onkel Feri lachte auf.

»Und weißt du, was ich ihm geantwortet habe, mein Sohn?«

»Was, Onkel Feri?«

»Na, dass man doch auch die andere Seite höre, audiatur et altera pars, mein Alter.«

Meine teure Frau Mutter*, liebe Mami,
ich habe Ihnen am schwarzen Tag Ihres Todes versprochen, jeden Tag zu schreiben, und das habe ich vergessen. Wiewohl Sie vielleicht von oben aus dem Himmel alles sehen, auch wissen, wessen Platz das Versäumnis einnimmt, so können Sie Erinnerung und Vergessen, Wahrheit und Dichtung doch als eins betrachten.

Also hoffe ich, meine Frau Mutter** fühlen sich wohl im Himmel und die Engel sind höflich. Auch das Essen möge gut sein und Sie müssen sicher nicht kochen.

Zwei Dinge fallen mir hier ein, mein Vater und Pflaumenknödel. Was ist mit meinem Vater geschehen?*** Was heißt das, er ist verschwunden?**** Dass er auf der königlichen Jagd erschossen und von Wildschweinen gefressen wurde? Oder ist er bei einem steyrischen Freilein in den Grazer Bergen verloren gegangen. Eher ersteres, weil Sie zumeist um ihn trauerten und heftig schwiegen.

Die Pflaumenknödel sind***** gut. Wiewohl ich mich an das Tiefkühlzeug, das mich meine Frau Mutter****** am Ende ihres irdischen Lebens kaufen ließen, nicht gern erinnere. Ihnen

---

Der Ball rollte auf uns zu. Wir betrachteten ihn, rührten uns nicht. – P. E.

* Mein teurer Herr Vater. – P. E.

** Mein Herr Vater. – P. E.

*** Was ist mit meinem Vater geschehen? – P. E.

**** Was heißt das, er ist verschwunden? – P. E.

***** Mein Vater ist. – P. E.

****** Mein Herr Vater. – P. E.

hat es geschmeckt. Wie ein kleines Mädchen haben es meine Mutter* gefuttert, da auf dem Sterbebett.

Ich zögere es nur hinaus, nicht aus Angst, ich zögere es mit Ihnen hinaus. Ich weiß, Sie lieben mich auch jetzt noch, und ich habe geglaubt, es wäre wie früher, es schützte mich vor allem.**

Ich habe begonnen zu kochen, und zwar die Rezepte meiner Mutter. Damit wir so einander nah sind. Damit Sie mich noch immer derart poetisch füttern. Ich bin ungeschickt, aber fleißig. Heute habe ich mich an der berühmten Suppe meiner Mutter*** versucht. Die Suppe macht den Soldaten,**** hörten wir immer von Ihnen. An der Gulaschsuppe à la Palotzen.***** Es gibt keine Hoffnung, Mutter.****** Ich tat Schweinshaxe hinein, Rinderhesse, Schaffleisch mit Knochen. Vergeblich. Die Zwiebel dünstete ich im ausgelassenen Fett von Räucherspeck. Nutzlos. Natürlich verwende ich Knochenbrühe, die auch meine Mutter verwendet haben, und verdünne sie nicht. Und doch nicht. Grüne Bohnen, saure Sahne, Gewürzpaprika, aussichtslos.

---

* Mein Vater. – P. E.

** Das habe ich geglaubt. – P. E.

*** Meines Vaters. – P. E.

**** Hat Napoleon gesagt. Lese ich in István Váncsas Kochbuch. Welche kulinarische Faktualität auch immer in dem Buch vorkommt, sie stammt von da. Wenn es anders ist, Krúdy, Béla Fehér, Jókai, Cserna-Szabó, Brillat-Savarin, weise ich darauf hin. – P. E.

***** In Hort – wohin die Familie 1951 ausgesiedelt wurde, wo ich sprechen lernte – wurde der Palotzendialekt gesprochen. – P. E.

****** Es gibt keine Hoffnung, Vater. – P. E.

Niemals wird sie *so*. Niemals mehr werden meine Mutter bei mir sein und niemals mehr werden Sie mein Gesicht in Ihre Hände nehmen.* Ich verstehe mich auf Waffen, in dürftigerem Maße auf Specereien. Ich bin ein Diener, Mutter, wissen Sie das?

Soeben ist Zsófia Pázmándi gegangen. Sie haben sie nie gemocht. Ich habe nicht verstanden, warum die hohe Herrin meine Mutter** derart beschäftigte. Als kennten meine Mutter sie *wirklich*. Offensichtlich weiß ich etwas nicht.*** Sie kaufte ernsthaft eine Pistole, mit ernster Miene, ernsten Worten, ernster Absicht. Ich gab ihr eine zu ihr passende Frauenpistole, eine schöne, zudem praktische.

Sie wird jemanden erschießen. Ich hörte, wie sie zum Kutscher sagte, nach Gedőcs. Dann sind die Kugeln gewiss für unseren Herrn Pál Nyáry bestimmt. Vielleicht genau zu der Zeit, wenn ich ... Doch nun schildere ich meiner Mutter, was geschehen wird:

Langsam, kommod, mit einem Gleichmut, der dem Essen unwürdig ist, esse ich diese mittelmäßige, als solche enttäuschende Palotzengulaschsuppe, dann nehme ich Herrn Némeths Meisterstück vom Regal, eine balkantürkische, aber ich langweile meine Mutter nicht mit diesen Details der Zunft, ich setze sie mir an die Schläfe und drücke den Abzug. Auch mit der Schilderung dessen möchte ich meine Mutter nicht

---

* Niemals, mein Vater. – P. E.

** Ich höre auf, nur der Ochse ist konsequent. Und vielleicht ist es dem Leser schon ins Ohr gegangen: mein Vater. – P. E.

*** Offensichtlich. Schmerz, auch ich nicht. – P. E.

belasten. Doch gewissermaßen zur Ermutigung merke ich an, dass im triumphalen und gleichzeitig erbärmlichen Augenblick meines Todes eine neue Geschichte beginnt, und obwohl es keine Uhr gibt, die die nächste Minute anzeigen könnte, werde ich in der nächsten Minute bereits bei meiner Frau Mutter sein, zu Ihnen schlüpfen in Ihrer ewigen Wärme. Diese Wärme führt mich zu meinem Tod, nichts sonst.

[einundneunzigste Seite]

Das war vielleicht noch kein Verrat, ein Verrat an sich selbst, am Herrn und an allem, was zwischen diesen beiden war, gewesen war, gewesen sein würde, als Pál Nyáry, obwohl er ein berüchtigt guter Schläfer war, mitten in der Nacht, der allertiefsten, hochschreckte, sich umsah,* nicht wusste, wo er war, im Himmel, der Hölle oder zwischen beiden, jedoch in ungeheurer Fremdheit, selbst das Dunkel würgte ihn anders, selbst die Zeit erkannte er nicht, aus der Zeit war Raum geworden und der Raum bedrohlich; er zitterte, schwitzte, schlotterte, flehte – das war vielleicht noch kein Verrat.

So wie die reife Frucht der Baum nicht länger trägt, das war noch kein Verrat, dachte Nyáry, als die mit Luft gefüllten Ballons so wie die reife Frucht oder, noch besser, so wie die des immer stärker werdenden Herbstes verhängnisvoll müden Fliegen fast gleichzeitig von der Decke fielen – das vielleicht noch nicht.

---

* Sieht im eignen Vaterland das Vaterland er nimmer. [Noch einmal die Hymne; Musik: Ferenc Erkel, Text: Ferenc Kölcsey, Übersetzung hier: Adolf Buchheim und Oskar Falke – H. F.] – P. E.

Nyáry nahm am Vergehen der Zeit nicht teil, er saß in seinem wuchtigen Lehnstuhl, unten der Ipoly, weiter weg die Karpaten (und was nicht noch alles!), und ließ zu, dass der Tag verging.

Er sah den bunten Ballons zu. Mag sein, die Musen schweigen, aber die Kinder spielen immer, auch inter arma; die Burgbengel tollten den ganzen Tag mit den Bällen herum, haschten nach ihnen, warfen sie kreischend herum. Gelbe, rote Kugeln, zuweilen schien es, als hätte sich die Sonne am Himmel vervielfacht. Nyáry sah gern den Reichtum der Schöpfung in allem (selbst im Hässlichen, im Bösen, im Makel, im Irrtum, im Versprecher, in der Schwäche, im Tadel) – blendende Kreise bunter Sonnen am armen Himmel dieses armen Landes, was für eine schöne Großzügigkeit!

Jetzt aber dünkte es ihm eher, als wäre dem Allmächtigen die Schöpfung aus der Hand geglitten und drehte sich nunmehr nach ihren eigenen wahnsinnigen und so nicht durchschaubaren Plänen weiter, das heißt, als gäbe es keinen mehr, den man anflehen kann, man kann nur warten, die launischen, zügellosen Entscheidungen der Natur erdulden.

Wenn Nyárys ungarisches Hirn nicht die Gefechte mit dem Türken, die Verhandlungen mit dem kaiserlichen Hof, der mal selbstsüchtige, mal prinzipielle Zank mit den eigenen Leuten und die mit alldem verbundenen Enttäuschungen und Fiaskos und Hoffnungen in Beschlag genommen hätten (er wusste, dass der Hollandus Habsburgus angekommen war, er wusste auch, dass er das mit dem Wissen seiner Feinde wusste, doch auch seine Spione hatten es berichtet), wenn es also nicht so gewesen wäre, wie es war, und naturgemäß* war es so, wie es sein mochte, wären die Gedanken des Burgherrn an dieser Stelle notwendigerweise zu den Naturwissenschaften abgeschweift beziehungsweise just zur Kalkulabilität, Keplers und Newtons Klarheit wären am Horizont respektive an den freundlichen Berghängen der Nordkarpaten aufgedämmert und nicht der von den erwähnten Kinderballons verursachte Schrecken.**

Die Kinder haschten nach den Ballons, rieben sie, und diese blieben durch die Wirkung der so entstehenden Elektrisierkraft*** am Plafond kleben.**** Daraufhin machten sich die Kinder enttäuscht davon, sie gingen hinunter an den Ipoly, um Frösche zu fangen. Die große Buntheit trat da oben fröhlich auf der Stelle, das zog auch Nyáry nicht in Zweifel, dieses gut gelaunte, lustige Zusammenstehen. Wiewohl er eher die Ballons nach oben streben sah, sic itur ad astra, zu den Sternen eilen – aber es war nicht möglich. Wäre es möglich gewesen, wäre der Schutt aus der durchbrochenen Decke herabgefallen, der Schutt herab, die Ballons hinauf, er in seinem Stuhl reglos.

Zum Abend hin wurden die Luftballons müde, die Electricität entschwand aus ihnen, einer nach dem anderen sank

---

* Von Thomas Bernhard ausgeliehenes Wort. – P. E.

** Spielerisch Nietzsche'scher Schrecken. – P. E.

*** Elektrostatische Kraft. Die auch schon die alten Griechen kannten. – P. E.

**** Das heißt, dann spielten sie nicht im Burghof. Oh, makelloser Vater des Realismus, bitte für mich. – P. E.

auf den Boden zurück. Es war wie eine richtungslose, unbenennbare Niederlage. Kein Verlierer (kein Sieger), das Zimmer an sich war im Zustand des Verlierens.

Nyáry folgte einzeln den langsam herabschwebenden Bällen. Er hatte noch nie geweint*, doch jetzt war er nah dran.

---

* Generationen: Einmal sah ich meinen Vater heimlich weinen. Ich hatte noch nie solche Angst. Einmal sah ich meinen Sohn auf der Beerdigung meines Vaters weinen. Er weinte um mich; selten war ich so dankbar. Immer einmal sehe ich mich weinen. Zumeist ist es lächerlich, manchmal gut wie ein tiefes Luftholen am Morgen, andere Male ersticke ich fast an meinem Rotz und Speichel. – P.E.

[dreiundneunzigste Seite]

ZU FÜSSEN PRINZ VON CROŸ*

Gnädiger Herr,
wir schreiben hier nur, verstehen nichts, schreiben, schon nicht mehr wissend, wem, warum, wohin, nur unsere Hand bewegt sich. Vielleicht befinden sich auch Eure Excellenz nur in unserem Kopf. Aber nimm das nicht krumm, fuck.**

Pressburg ist ein angenehmer Ort und die slowakischen Dienstmädchen sind freundlich freigiebig. Joj, sagen sie lieb in *gewissen* Situationen. Unsere Wirtin heißt Kundera***, freundlich kann man sie nicht nennen. Aber kommen wir zur Sache. Noch immer bereitet es uns Freude zu horchen, zu spionieren, zu lauschen, anderen etwas listig zu entlocken, so dass sie es nicht einmal merken. Oder sogar deutlich merken. Wir entlocken es, mein Prinz, wir berichten es, mein Prinz. Aber nichts weiter. Mein Prinz.

Nun: Das Reiseziel des hoheitlichen Hollandus ist das Treffen mit Pál Nyáry, von dem es heißt, er verstehe sich gleichermaßen mit dem Hof wie mit seiner Nation (das heißt den

---

* Durchgestrichen: zu Händen. Durchgestrichen: zu Schwanz. OSZK, Handschriftensammlung, App. H. 971 – P.E.

** Ich meine, spätere Einfügung, quasi ein apokrypher Gestus. – P.E.

*** Auch das ist eine zufällige Namensübereinstimmung. Ob man es glaubt oder nicht. – P.E.

Ungarn). Das stimmt itzo schon dermaßen nicht mehr, dass Nyáry nicht über die Absichten und die Ankunft des hoheitlichen Herrn unterrichtet wurde. Wir aber sorgen dafür, dass Nyáry über alles informiert ist. Doch eine Einladung hat er nicht bekommen.

Das war als Possen gedacht, denn die Einladungen wurden mündlich ausgesprochen, freilich prunkvoller als auf schmuckvollen Einladungsbillets. Die Person des Einladenden, des Gastgebers, liegt im Dunkeln. Die ungarischen Herren ziehen sich schön an. Ihre Dolmane mit Husarenlitzen empfehlen wir der Aufmerksamkeit Eurer Excellenz. Die Herren konnten auf jeden Fall das Gefühl haben, Teil einer Sache von großer Tragweite zu sein. Als hätte die Nation persönlich sie eingeladen – diese Formulierung gelang uns, während einer Zecherei von einem Hauptmann namens Bárány zu erfahren. (Nyárys Mann und einfach zum Anbeißen …) Wie jedoch in unsicheren Zeiten immer ging auch das Gegenteilige um: dass der Gastgeber durchaus nicht die Nation, das Vaterland sei, vielmehr das doppelzüngige Wien, das so Ludwigs Plänen zur Rebellion zuvorkommen will.

Was auch gelang. Einen Leopold kann nichts ins Wanken bringen, das erfuhren wir ebenfalls während der Zecherei. Auch in gesungener Variante, nach neuerlichen Gläsern, Humpen, Krügen: Leopold, so hieß es mit Betonung vorn, Leopold ist nicht wankelmütig, er wankt nicht wie Schilf.*

---

* Aus diesem allseits bekannten Lied entstand dann Verdis *Rigoletto.* Aus der italienischen Übersetzung, la donna è mobile, wird das nicht deutlich. – P.E. [Aus der deutschen auch nicht. – H.F.]

Überraschenderweise war es kein gesetztes Abendessen. Mit dem Ausdruck der Enttäuschung darüber verabschieden wir uns von Eurer Excellenz. Sie werden noch von uns hören. So schreibt man immer. Aber nein, es gibt niemanden, über den, und niemanden, an den. Pah, mein allerliebstes Mutzerle.*

Wir sind ohne Namen. Das ist schlecht. Die Griebennocken hingegen sind gut. Ein bisschen fettig, aber schmackhaft. Wir wären auch gern Slowaken (das heißt Slawaken).

* Verstehe ich nicht. – P.E.

[vierundneunzigste Seite]

Auf dem Treffen im Fugger-Haus fielen mehr Worte über die Kochkunst, die neueste Dekolleté-Mode der Frauen (später fand auch die teils statistische, teils auf prinzipiellen Gründen basierende vergleichende Untersuchung der ungarischen, slowakischen und österreichischen Busen statt), über all das fielen also mehr Worte als über jene Brücke, an der Nyáry gewerkelt hatte, zusammen mit so großen Söhnen des Vaterlandes wie Zrínyi oder Bethlen oder dem alles hinwegfegenden Kardinal Pázmány, mal in Eintracht, mal in ringender Zwietracht, immer jedoch zum Wohle des Ganzen, welche Brücke damals schon in Trümmern lag. Oder noch ihren Bogen schlug, auf die sich aber schon keiner mehr traute.

Stattdessen versetzte Thökölys feurige Aufstachelei die Herzen in Aufruhr, sein zukunfts- und gedankenloser, jedoch wirklich anziehender Mut, von weitem schickte sich der ernste Ferenc Rákóczi an, das Vaterland in eine der schönsten und erhebendsten* Niederlagen zu führen, während Wien unwillig und mit großer Routine einen Ausgleich auf dem europäischen Parkett suchte und den Ungarn lediglich auf die Weise und so viel Aufmerksamkeit schenkte, wie es seine Interessen verlangten und seine Möglichkeiten erlaubten.

---

* Erheben wird es gerade das folgende Jahrhundert, sozusagen Maria Theresias Jahrhundert, sagt in mir der patriotische Labantze. – P.E.

[vierundneunzigste* Seite]

Der große ungarische Abend schritt in dem unbekannten Dunkel voran, die Ungarn waren argwöhnisch mit sich selbst beschäftigt, seine Majestät der Prinz gelangweilt mit den Getränken. Er bereute schon, in diese barbaras terras gekommen zu sein

»Am liebsten würden sie aus dem Parkett ein Lagerfeuer machen«, dachte er. »Und darauf im Kessel irgendein Paprikasch im Salon kochen. Sattdessen preisen sie diese trockenen Pogatschen. Dieses Kesselding wäre gar nicht schlecht. Wann komme ich schon mal wieder in Kesselnähe? Alle warten hier auf etwas. Und nichts wird passieren. Sie wissen gar nicht, dass das mein Leben ist: Immer wartete ich auf etwas und niemals passierte etwas. Es gibt Schlimmeres. Hier gibt es nicht einmal ein Meer. Das sieht man auch meinem Cousin an, das Meer ist weit weg. Deshalb riecht hier jeder so verschimmelt sauer. Immer erwartet man etwas von mir. Bloß ich nicht, bloß ich erwarte von mir nichts. Allenfalls von diesen beiden vermeintlichen Hofdamen erwarte ich noch etwas. Nicht viel, eher nur, dass die Zeit vergeht. Dass ich gut schlafe. Das ist das Schönste, mich in den Schlaf ficken**.

---

* Ich bin gezwungen, hier am Ende zu verlangsamen. An den hundert festzuhalten. Und natürlich ist es eher umgekehrt: Die hundert halten an mir fest. – P.E.

** Bevor wir uns auf gute Pharisäerart aufblasen, sollten wir nicht vergessen, dass er das lediglich denkt! Und übrigens auf Holländisch! Dort heißt ficken bestimmt nicht ficken (neuken, ich habe

Und jetzt sehe ich auf den Gesichtern, dass ich etwas sagen muss.«

»Schöne ungarische Herren. Ich bin schön geboren*, sage ich das richtig, Rubens**?«

»Majestät, langsam ist es Zeit, sich in die Gemächer zurückzuziehen.«

»Wenn ich einen Säugling sehe, streichele ich ihn.«

»Ich bitte Sie, Majestät.«

»Oder soll ich über das Glück reden?«

---

nachgesehen). Natürlich hängt manchmal das Schicksal des Vaterlandes von einem Wort ab. Ich will die Verantwortung auf niemand andern abwälzen. – P. E.

* Die Worte eines Fräuleins namens Izike, mehr würde ich dazu nicht sagen. – P. E.

** Der Vater des Malers, nachdem er mit der dortigen, hässlichen, aber über einen feurigen Schoß verfügenden Fürstin gemeinsame Sache gemacht hatte, aus Siegen vertrieben wurde. Bis zu seinem Tod treuer Mann Ludwigs III. – P. E.

[fünfundneunzigste Seite]

An ihm war noch die Hitze von Zsigmond Karas jugendlichem Körper.

Mihály Bárány fühlte sich unter Gottes freiem Himmel wohler als in hell erleuchteten Räumen. Wohler in Stiefeln als in leichten, neuen Schuhen. Er spürte gern das Gewicht von allem. Das Gewicht des Schwertes, das Gewicht des Körpers (des eigenen und des Körpers von anderen), das Gewicht des Wortes, das Gewicht der Vaterlandsliebe. Es ist schwer, das Vaterland zu lieben, aber den Sinn dessen verleiht gerade die Schwierigkeit. Es ist schwer, die Befehle des Herrn einzuhalten, schwer, aber deshalb ist es leicht, den Herrn zu lieben. Er schätzte ausschließlich das schwere Leichte, das leichte Leichte verachtete, verschmähte er. Er misstraute ihm. Auch das Leben soll schwer sein. Nur der Ernst hat einen Sinn. Haxlgulasch ist ernst, Salat unernst. Der Scherz ist ernst, der Witz unernst. Die Tiefe ist ernst, die Oberfläche unernst.*

Die Silberplatten standen auf langen, festlichen Tischen – aber mit was für Speisen? Und Bárány saß beim Essen gern. Gern ist gar nicht der richtige Ausdruck, er saß. Er setzte sich zum Mittag, zum Abendessen, zum Frühstück hin. Zum Essen, er begrüßte das Essen in Gottes Namen, er unterhielt sich in Form des Essens mit dem Essen, nicht mit jemand anderem, ein Ungar spricht beim Essen nicht, dann verabschiedete man sich ebenfalls in Gottes Namen voneinander (nun schon *in*einander). Und hier?! Die Teller nicht auf dem Tisch, sondern in der Hand, wir spazieren hierhin und dahin, wechseln Worte. Und was sind das für Speisen? Winzige Happen. Man

---

* Nun, der Apfel fällt doch weit von Kosztolányi! – P.E.

kann nicht einmal hineinbeißen, sie nur im Ganzen hinunterschlucken. Für Knirpse, auch wenn sie schmecken. Fleischbällchen, Pilzbällchen. Kürbiscrème, Leberpastete, Aubergine. Wachteleier, gefüllte Eier, Fischeier. Und wer hat so etwas schon mal gesehen, eine so große Blutwurst?

Blutwurst mit Paprikakolpak, das wird nicht gut ausgehen.

Blutwurst mit Paprikakolpak: leicht. Blut gebraten: schwer. Blut gebraten: 4–5 Liter Schweine- oder Rinderblut, 2–3 Teelöffel gemahlener Pfeffer, 3–4 gehäufte Esslöffel Fett, 3–4 mittelgroße Zwiebeln, Salz. Das Blut muss sauber aufgefangen werden, man kann es nicht waschen. Wenn es frisch ist, lasse ich es gerinnen. Dann schneide ich es in Stücke und koche, brühe es in Wasser mit ein, zwei Lorbeerblättern halb gar. In Fett brate ich reichlich Zwiebeln und schneide das Blut in noch kleineren Stücken hinein. Abgedeckt dünste, brate ich es. Außer Salz gebe ich auch ordentlich Pfeffer hinzu. Dazu passt Brot.*

---

* Sándor Jakabs Rezept: grocceni.com/recept/versutve.html – P. E.

[fünfundneunzigste Seite]

Wie Fische in einem künstlichen Teich, dachte Bárány, wir schwimmen hierhin, wie schwimmen dahin, stoßen aneinander, schnappen nach Luft und so weiter. Während uns jemand beobachtet. Aber wer. Wenn das Abendessen keinen Anfang und kein Ende hat, wir einfach so anfangen zu essen, es nicht einmal einen Tisch gibt – wie sollen wir dann unsere Tischrede halten? Dabei war er mit ihr hergekommen, musste sie halten.

»Mihály Bárány.«

Das hörte er hinter seinem Rücken. Es war keine Frage, keine Aussage, eher, als hätte sich jemand vorgestellt. Er wandte sich um. Ihm gegenüber stand ein muskulöser Mann, größer als er, das Haar, die Augen, der kleine, gepflegte Bart schwarz, doch der ganze Mann schien Schwärze auszustrahlen. Bárány roch das Rosenwasser, unwillkürlich sog er den Mann tief ein.

»Ist Er der Bárány?«, sagte der Unbekannte streng.

»Mit wem habe ich die Ehre?«

»Mein Name ist unwichtig.«* Er musterte Báránys zu einem Lächeln erstarrtes Gesicht. »Im Übrigen ist es auch egal, Graf Schweidenfeldt.«

»Müsste ich Sie kennen, Graf?«

»Oh, nein. Es reicht, wenn wir den Herrn Hauptmann kennen. Und wir kennen den Herrn Hauptmann.«

Bárány gefielen diese Worte nicht.

---

* Es war Schweidenfeldt. – P. E.

»Haben Sie diese klitzekleinen Speislein gesehen? Canapés, das sagte der Diener dazu, als ich ihn fragte, was um Himmels willen das sein soll. Na, aber, sagen Sie mir, Herr Graf, was ist das für ein Canapé, wenn man sich nicht einmal darauf setzen kann …«

»Daran habe ich noch nicht gedacht.«

[fünfundneunzigste Seite]

»Mihály Bárány«, flüsterte Schweidenfeldt Bárány in den Nacken.* Sobald der Graf Báránys freundliches, gutmütiges Gesicht sah, das von kleinen, geheimnisvollen Furchen durchzogen war, von Schnitten unbekannter Leidenschaften, ergriff ihn Mitleid. Armer Teufel, du hast nicht die geringste Chance. Er versuchte an dem Gesicht die trivialen Gerüchte der Wollüstelei abzulesen, die gerade er jetzt, sie gegen Bárány wendend, als Dolch in diese edle Brust stoßen würde.

---

* Es gibt in der Geschichte keinen Standpunkt, von dem aus daraufhin zu bemerken wäre (übrigens in beliebigem Ton!), deshalb sage ich es, dass diese Bewegung, zusammen mit dem Pusten, das Gegenstück zu der Geste ist, mit der sich der Mohrensklave im fernen Stambul zu Michelangelos Nacken gebeugt hatte. Ob wir das statistisch erklären oder darin den Beweis für des Schöpfers Ehrgeiz und Schönheitsverlangen auf der Jagd nach Symmetrie sehen, das ... das ist jetzt egal. Der allwissende Erzähler weiß nicht alles, nur das, was zu seiner Welt gehört. Das ist auch das Problem des Herrgotts. Das heißt in diesem Augenblick nicht meins. Das erwähne ich natürlich nicht im Mindesten aus Angeberei. Ich persönlich denke gern an derartige Koinzidenzen. Zum Beispiel, dass Stalin seinen berüchtigten Katzmann namens Mischa mit der gleichen freundlichen Geste streichelte wie einmal der junge Churchill meinen Großvater. Siehe *Harmonia Cælestis*. Und da habe ich den Herrn und Gizi noch gar nicht erwähnt, falls Sie sich überhaupt noch an sie erinnern sollten. – P. E.

Ach was. Hier wird es weder eine edle Brust noch einen Dolch geben, geben wird es schmierige Erpressung, saures Schwitzen, Erniedrigung und Unterwürfigkeit.

»Was sein muss, muss sein.«

Mein Vater* nahm Graf Schweidenfeldts Gesicht gründlich in Augenschein. Wegen irgendetwas erinnerte er ihn an den heiligen Johannes den Täufer.**

»Haben Sie diese klitzekleinen Speislein gesehen? Canapés, das sagte der Diener dazu, als ich ihn fragte, was um Himmels willen das sein soll. Na, aber, sagen Sie mir, Herr Graf, was ist das für ein Canapé, wenn man sich nicht einmal darauf setzen kann …«

»Daran habe ich noch nicht gedacht.«

Angeblich war er ein Verwandter Jesu. Und fastete in der Wüste.***

»Habe ich richtig verstanden? Der Herr Graf erpresst mich?«

»Ja, ganz richtig, mein guter Herr, genauer hätte auch ich es nicht in die elfenlichten Worte unserer holden Sprache fassen können. Die Genauigkeit jedoch ist irreführend. Schriller, erschreckender als die Wirklichkeit, die sie entwirft. Denn denke der Herr Hauptmann nur an die aufgehende Sonne. Was für ein Gespinst! Diese ganze *harmonices mundi*, dieses »wer kreist um wen«, dann die Ellipsen, Brennpunkte, Fahrstrahlen, Quadrate und Potenzen, Kräfte, Anziehungen, Wahl-

---

* Veschreiber; Mihály Bárány. – P. E.

** In der Károli-Übersetzung. – P. E. [Hier natürlich Luther. – H. F.]

*** In der Tat. »Er aber Johannes hatte ein Kleid von Kameelharen / vnd einen leddern Gürtel vmb seine lenden / Seine speise aber war Hewschrecken vnd wild Honig.« (Matthäus 3,4) – P. E.

verwandtschaften*, Abstoßungen, Gelehrten und Prozesse, eppur si muove, mit Verlaub. Aber …«

»Was für ein schwächlicher Hanswurst.«

»Aber auch wenn all das lediglich der kluge und, meinetwegen, schwächliche Krawall des größenwahnsinnigen menschlichen Tieres ist, so steht selbst hinter dem winzigsten Detail unser Allmächtiger Herr, sowohl hinter der majestätischen Ordnung des Himmels als auch hinter Euren gequälten, armen ungarischen Stiefeln, sein heiliger Wille treibt alles an, sei es auf elliptischen Bahnen, sei es auf vollkommenen Kreisen, die Seine Vollkommenheit präziser preisen. So wird auch jener Krawall himmlische Weihe und Größe. Mal sind die knisternde Eitelkeit, der phosphoreszierende Ehrgeiz des Menschen, mal die Schrillheit der Fanfaren, die die harmonia cælestis verkünden, ohrenbetäubend.

Wenn Er aber am Morgen zur Bastion hinausspaziert, mit einem stillen Gebet den in Rot badenden Sonnenaufgang betrachtet, im Ipolytal, ich sage es richtig, Ipoly, nicht wahr?, die leichte Nebeldecke, vom alles bedeckenden himmlischen Rot durchdrungen – kann Er dann etwas anderes fühlen als Ruhe und heitere Erwartung bezüglich des beginnenden Tages sowie die beruhigende Sicherheit, dass alles so ist, wie es sein muss, und die Ordnung nicht nur Beruhigung ist, sondern mit Gewissheit auch unvermeidlich.«

Mein Vater hörte wortlos zu. Letztendlich war der Täufer enthauptet worden. Aber das würde ihm jetzt nicht helfen.

---

* Lockere Goethe-Anspielung, absolut nicht von Belang. Aber es gibt sie. *(Lachen auf der Galerie.)* – P.E.

»Worüber denkt Er nach?«, fragte Schweidenfeldt. Mein Vater rührte sich nicht. »Ich verstehe. Also über mich. Eine schlechte Entscheidung, mein Lieber. Er müsste über sich nachdenken. Wusste Er übrigens, dass Kepler ernsthafte Forschungen über das Wesen der Schneeflocken betrieb? Die Schneeflocke, mein Freund, und das Universum, das nenne ich eine Entfernung! Zurückschwebend auf die Erde, doch noch vor dem vollständigen Schmelzen, um es scherzhaft auszudrücken, nicht wahr, es reicht, wenn ich sage, die Verlockung des Fleisches? Ich muss nicht mit den Details kommen, Daten, Zeugen, Haare, Zitate verliebter Worte? Ich muss keinen Namen nennen, es reicht, wenn ich allgemein auf die Kochkunst alludiere.«

»Scher dich zum Teufel, da kannst du alludieren!«

»Nicht so laut, mein guter Herr, sonst hören es noch die Festgäste dieses Festempfangs, und dann muss auch ich es hören. Wir haben genug Süßholz geraspelt. Ich fasse zusammen: Wir schweigen, wenn Er redet. Klar?«

»Klar.«

Dann fügte er noch hinzu:

»Gott braucht keine Krieger.«*

Der Graf holte zum Schlag aus, dann ließ er die Hand sinken.**

»Er muss sehr einsam sein.«

»Einsam und glücklich. Kein Urteil. Alle Sünden sind gleich.«

Auf einmal war nicht klar, wer wen bedrohte.

»Was wird jetzt.«***

Sagte mein Vater leiser als leise und drehte sich um.

---

* Pilinszky zitiert Simone Weil. – P. E.

** Mich in Weil vertiefend (*Schwerkraft und Gnade*, S. 70):

»Auch ich bin anders, als zu sein ich mir einbilde. Dies wissen, das ist die Vergebung«, dachte der Graf und ließ die Hand sinken.

Mein Vater wischte sich über den Mund, er dachte (*Die menschliche Person und das Heilige*):

»Im Menschen ist die Person ein Ding in Not, das friert, das läuft, um Unterschlupf und Wärme zu suchen. Das verkennen die, die im Warmen sind oder auch nur zu sein erwarten, angenehm von der sozialen Betrachtungsweise eingewickelt.«

Auf einmal war nicht klar, wer wen bedroht.

»Ich erwarte nicht. Ich laufe und suche. Ich bin nicht eingewickelt.« Er drehte sich um. »Was wird jetzt.« – P. E.

*** Letzter Satz eines Ermittlers namens Luther ganz am Ende einer dänischen oder schwedischen Krimiserie. – P. E.

[sechsundneunzigste Seite]

»Was wird jetzt.«

Der Herr brach in Lachen aus, als er auf Pater Gerendás blickte, und zuckte wie ein Teenager leichthin die Achseln. Soeben war die hohe Herrin Pázmándi ins Pfarrhaus gestürzt, keuchend, statt eines Grußes hatte sie dem Priester gleichsam ins Gesicht gepustet:

»Nehme Er mir auf der Stelle die Beichte ab! Versteht Er nicht, auf der Stelle! Frage Er nicht, antworte Er nicht, nehme Er die Stola, sitze Er, knie Er, tue Er schon, was zu tun ist. Itzo!«

»Was ist geschehen, gnädige Frau?«

»Nichts ist geschehen! Nehme Er mir schon die Beichte ab.« Sie schrie, als wäre ihr das Herz stehengeblieben und man müsste es wieder in Gang setzen. »Mir bleibt gleich das Herz stehen, sei Er doch nicht so eine Memme! Ich bitte Ihn. Ich habe einen Menschen getötet.«

»Das ist unmöglich. Wen?«

»Er will es nicht wissen. Und plaudere Er hier nicht, gottverdammt, nehme Er mir die Beichte ab!«

Bei dem Wort Gott lachte Gott erneut auf.* Und das wurde der Augenblick, in dem Péter Gerendás beim Beten angelangt war. Es war derselbe Augenblick, in dem er die un-

* Sehen wir auch schon das Lachen zuvor, das fast einem Wiehern ähnelte, wie das eines dreckigen Vorstadtbuben aus einem Pasolini-Film. Eher das eines Straßenbengels. Vorn fehlt ihm auffallend ein Zahn. – P.E.

endliche Verzweiflung auf Zsófia Pázmándis Gesicht begriff.* Der Herr hatte ihm noch nicht geantwortet, aber auch das würde geschehen (siehe die Kussszene, [zweiunddreißigste Seite]**).

»Und dann auch noch was wird. Das hat's noch nie gegeben, dass etwas nicht geworden wäre.« Zufrieden schaute er auf seine Altersweisheit und bereitete sich ebenfalls auf die Abnahme der Beichte vor.

---

* Gerendás weiß derzeit immer noch nicht, wer seine Mutter ist. Wenn es noch immer von mir abhängt, wird er es auch nie erfahren. Es kann noch passieren, dass Zsófia Pázmándi mit der Zeit schwach und rührselig wird und dann den Geistlichen doch umarmt, der dann vielleicht schon Domherr ist (eine stille, rechtschaffene Karriere), ihm den Kopf in den Nacken bohrt und glücklich schluchzt: Mein Junge, mein lieber kleiner Junge. Meine Mutter wurde im Alter zwar schwach, die Kraft verließ sie, und kaum zu ertragen rührselig, aber von ihren Geheimnissen sprach sie dann doch nicht. Das war vielleicht noch kein Verrat. – P. E.

** »Sich ständig in Schmerz flüchten ... Als wäre das die Mitte der Schöpfung. Das nennt man, mein Sohn, Kitsch. Egal, jetzt ist es schon egal«, und sanft küsste er (das heißt der Herr) den glücklichen Gerendás auf den Mund. – P. E.

»Wie ist Ihr Name, bitte, Schweidenfeldt*, wenn Sie verstehen, was ich meine?«

»Schweidenfeldt, Majestät.«

»Sie sind doch letztlich ein ungarischer Herr, n'est-ce pas?«

»Sozusagen, Majestät.«

»Dann können Sie mir sagen, werter ungarischer Herr, warum ein ungarischer Herr ... was ist der richtige Ausdruck? ... warum er ein Spitzel wird?«

»Ich fürchte, Majestät haben sich suboptimal ausgedrückt. Freilich, Sie sind von weit her gekommen, sind hier, in diesen matschigen, krummen** Landen, nur Gast. Gast und Fremder. Sie kommen und gehen.«

»Nun, und ich fürchte, Sie sind nicht in der Lage***, sich mir gegenüber verständnisvoll zu zeigen. Matschig hin, krumm her ... Beantworten Sie mir zwei Dinge, bitte.«

»Ja, mein Herr.«

»Für wen arbeiten Sie nun eigentlich, für Cousin Leopold oder für mich?«

»Meine Treue für Majestät ist unanfechtlich.«

»Oh, also wollen oder können Sie nicht antworten. Das

---

* Die Namen haben wir im Sinne der geltenden Rechtsvorschrift unleserlich gemacht. – P. E.

** Krummland, so sagte Mikszáth zum Palotzenland. – P. E.

*** Der Graf scheint ständig nicht in der Lage zu sein. In den folgenden Jahrhunderten, zumindest in Osteuropa, wurde das die allgemeine Lage der Grafen. – P. E.

Laubwerk der Treue ist ausladend, wenn Sie verstehen, was ich meine. Oder anders: Eins ist die Treue und viele der Treue Gegenstände. Das ist schon beinahe ein Sprichwort. Es fliegt im Volk von Mund zu Mund. Das kennen Sie: Schneit es im November, ist Weihnachten im Dezember? Französischer Humor. Neige en novembre, noël en décembre. Fein wie der leise Furz, wenn Sie verstehen, was ich meine.«

»Und was ist die andere Sache?«

»Ich verstehe. Sie tauschen nicht gern Gedanken über den Furz aus. Wir da an der Küste, in den Niederlanden, halb Meer, halb Festland, finden das Unendliche im praktischen Leben. Bei den Franzosen sind nicht so sehr die Philosophen, vielmehr die Essayisten unendlich; bei uns die in Whiskeywolken gehüllten, geheimnisvoll scheinenden schwerblütigen Schiffskapitäne. Kein Festmahl ohne Scheißen, wenn Sie verstehen, was ich meine. Die Windungen des fragilen Hauses der escargots lassen einen ebenso ins Unendliche schwindeln wie die dunkle Tiefe des Abortschachtes, ritirata, die unermessliche Stille des Rückzugs. Verschwinden Sie und danke für den Bericht.«*

---

* Die andere Frage wäre gewesen: »Und wer ist dort diese zwar an Jahren nicht notleidende, in ihrer Frauennatur dennoch so bedeutend anmutende Schönheit auf der grünen Seidentoilette, mit dem stürmischen grünen Schal um den Nacken, ich fahre in der Aufzählung nicht fort, nur noch ihr hügeliges Hinterteil, das ich mir gut eingeprägt habe. Vielleicht wegen des leuchtenden Seidengrüns sah ich mich mit meinem aufbäumenden Ross dort auf dem sanft abfallenden Gelände galoppieren. Und so weiter, wenn Sie verstehen, was ich meine.«

»Der Name des Geländes ist Zsófia Pázmándi, hoher Herr.«

»Was für Schinken, mein Freund, was für eine Figur und Haltung! Volle Formen, das ist der richtige Ausdruck. Wie triebe ich den Gepard ins Gebüsch!«

»Meine Ehegemahlin.«

»I see.«

»Wir leben schon lange nicht mehr zusammen.«

»Na, dann ist alles in Ordnung, wenn ich verstehe, was ich meine … Verschwinden Sie und danke für den Bericht.« – P.E.

[achtundneunzigste Seite]

Katze, hörst du mich?

Der Herr, ich muss es vielleicht gar nicht sagen, sieht (seine Augen)* und hört alles. Er sieht gleichsam sich selbst niederkauernd (nun, keine heroische Körperhaltung) in Domherr Gerendás, hört die Beichte über Pál Nyárys Ermordung, erteile ihr die Absolution, flüstert er dem Priester gutgelaunt zu, erteile ihr ruhig die Absolution.

Er sieht, wie die delikate Schweigekutsche in aller Frühe sehr vorsichtig die Stadt verlässt, der hohe Herr Ludwig schnarcht verkatert, der Herr hört nur das und das Keuchen der Pferde und das Lärmen der aufgescheuchten Vögel, aus der Kutsche nichts, eine Schweigekutsche ist eine Schweigekutsche, Meister Ransmayrs Hände haben noch keinen Pfusch hervorgebracht.

Die Kutsche fliegt dahin, immer weiter weg vom Ungarland. Etwas ist ausgeblieben. Wäre, ist aber nicht. Das ist die Geschichte der Ungarn, Nichtse setzen sich zu Etwassen zusammen und Wäres schmieden die weinerliche Erinnerung zu Ists. Der Höhepunkt ist das Ausbleiben des Höhepunkts – oder wer weiß. (Vorzugsweise Letzteres.) Die Historie der Ungarn hat keine Wendung genommen, weder eine neue noch eine unerwartete, alles ging seinen Gang, wie wir es in den Geschichtsbüchern lesen können, mal glanzvoll, mal schmutzig, geordnet, der Reihe nach, Budas Rückeroberung 1687[**]

* Auch, geneigter Leser, dass du das Lineal geklaut hast. – P.E.

** [Und wieder geraten die Jahreszahlen durcheinander. Budas Rückeroberung dauerte zwar lange, aber nicht so lange. – H.F.]

und so weiter, wie es schon einmal gewesen ist. Nichts hat sich geändert.

Er sieht Diamantenkaufmann Peruzzi aus Venedig, wie er gerade hochrot im Gesicht seine prächtige Kopfbedeckung zu Boden wirft. Darauf gehen wir jetzt nicht näher ein.*

Und er sieht, wie Zsigmond Kara davonläuft. Über Stock und Stein, nachts, flüchtend, auf unwegsamen Pfaden, durch Wälder, lange Wochen – ins ferne Stambul. Nach Hause. Nachdem er Nyáry, seinen Brotherrn und Gastgeber, erschossen hat. (Der Chronist macht, wenn auch in Klammern, darauf aufmerksam, dass der arme unselige Mihály Bárány in dem Augenblick, in dem er seine Seele verkaufte, dass schon da, um es so auszudrücken, weder Ursache noch Wirkung mehr existierten, Nyáry war tot, Kara, Báránys Liebe, war schon Hals über Kopf über alle Berge, hatte die Burg, Bárány, das Land verlassen. Als er Kräuter neben die Schnecke legte, war das noch kein Verrat, aber dies …)

Kara vom ersten Augenblick an als türkischer Spion … na, war er halt ein türkischer Spion. Aber das weiß nur der Herr, und natürlich die türkische Herrführung**. Mit Nyárys Ermordung wollte man die Achse Ludwig–Nyáry und die bereits analysierte europäische Neuordnung verhindern. Schließlich geriet nur die Rückeroberung Budas ein wenig ins Stocken, gemessen am Maßstab der Geschichte war das nicht von Belang. Es starben mehr, das stimmt. Der Herr empfing diese besonders freundlich.

---

* Die Symmetrie kommt natürlich gut, was?! – P.E.

** Verschreiber; Heerführung – P.E.

Er sieht, wie Kara staubig und fröhlich im Palast von Beylerbey Hassan ankommt, badet, gebadet wird, mit duftenden Ölen eingerieben.

»Du stinkst wie ein Giaur.«

Er sieht, wie sich Kara dann nach dem Abendessen neben den Beylerbey legt, sie essen Trauben, Kara ist müde, er legt dem Bey zärtlich den Kopf auf die Schulter, schläft ein, leicht, schnell wie ein Kind, das noch ein gutes Gewissen hat.

Der Bey erklärt weiter still die Gefechtslage.

»Ungarn ist verloren.«

[unnummerierte Seite]

Der Engel schlägt nicht aus der Deibelart, er steht nur auf der anderen Seite. Unser Engel steht jetzt, als gewaltiger Koloss, mit dem einen Bein am Bosporus (ich könnte jetzt nicht sagen, auf welcher Seite), mit dem anderen in Csallóköz.

In der einen Hand Zsófi Pázmándis, in der anderen Zsigmond Karas Schädel. Der Gehirnknoten. Der Engel hat bis zum letzten Moment nicht gewusst, was wird, ob er der Frau den schmerzgequälten und dem jungen Mann den berauscht duseligen Kopf streichelt oder beide geradezu zerquetscht.

Er hat sie zerquetscht. Gleich wässrigem Lehm fließt das Gehirn über seine Finger. Die Augen des Engels blicken starr, in ihm ist kein Mitleid, nur Verdutztheit und die leise, wimmernde Frage, die keiner im Weltall, aber wirklich keiner, auch Er nicht, hört.

»Was wird jetzt.«*

---

* »Ich habe doch an den Herrgott geglaubt.« – P. E.

[unnummerierte Seite]

Mitten im Urwald
ist ein kleiner Elefant auf die Welt gekommen.
Er heißt Babar.
Seine Mutter hat ihn sehr lieb.
Wenn er schlafen soll,
wiegt sie ihn mit ihrem Rüssel
und singt leise dazu.
Babar ist größer geworden.
Er spielt jetzt mit den anderen Elefantenkindern.
Er ist einer von den ganz lieben.
Der mit der Muschel im Sand gräbt, das ist er.
Babar reitet sehr vergnügt
auf dem Rücken seiner Mutter spazieren.
Da hat sich ein böser Jäger
hinter einem Busch versteckt
und schießt* auf sie!

---

* Da tauchten plötzlich die Leibwachen des Kardinals auf. Das Herz des jungen Gascogner schlug, daß es ihm beinahe die Brust zersprengte, nicht aus Furcht, denn davon hatte er keinen Schatten, sondern aus Eifer; er kämpfte wie ein wüthender Tiger, drehte sich zehnmal um seinen Gegner und veränderte zwanzigmal seine Stellungen und sein Terrain. Rasch und behend wich er alle Augenblicke von den Regeln der Kunst ab und griff von allen Seiten zugleich an, parirte dabei aber wie ein Mensch, der seiner Oberhaut die größte Umsicht widmet. D'Artagnan, der in Ermangelung der Praxis eine gründliche Theorie besaß, verdoppelte sei-

Babar hat Angst
vor dem Jäger
und läuft davon.
(...)
Das Fest ist vorbei.
Es ist Nacht geworden,
und die Sterne leuchten.
König Babar und Königin Celeste
träumen vor Freude
von ihrem Glück.*

---

ne Thätigkeit. Der Mann des Kardinals wollte der Sache ein Ende machen und führte einen furchtbaren Streich nach seinem Gegner: aber dieser parirte und stieß ihm, schlangenartig unter seinem Stahl hingleitend, den Degen durch den Leib. Der Feind fiel wie eine träge Masse zu Boden.

D'Artagnan warf einen raschen, unruhigen Blick auf das Schlachtfeld, und als hätte er gerade etwas beendet, sprach er im markanten, lächerlichen und berührenden, leicht tölpelhaften, aber kindlich reinen Gascogner Dialekt: Nicht nur mit der Feder will ich Ruhm erstreben, auch vor meinem Säbel soll der Feind erbeben. Kampf dem Türkenhalbmond! – Dafür steht mein Leben! Freudig will ich's meinem Vaterlande geben. – P.E.

* Jean de Brunhoff: *Histoire de Babar le petit éléphant*, übersetzt von Ágnes Bálint. – P.E. [respektive Claudia Schmölders – H.F.]

[unnummerierte Seite]

Pál Nyáry freute sich und auch wieder nicht, als er nicht lange nach dem Knall der kleinen Pistole sich neben dem Herrn vergräbt.

»Also, Feri, davon sind wir nicht klüger geworden.«

»Es wäre auch eine Überraschung gewesen, oder? Aber höre ich richtig? Du flehst? Sagst, hilf, mein Herr, weil du allein schwach bist und ungeschickt wie ein Kind, du bittest, ich soll mit dir großzügig sein, soll nicht auf deine Schwächen sehen, eher auf deine bescheidenen Tugenden und deine Sehnsucht nach Reinheit ...?«

»So sieht es aus, Feri, haargenau so.«

Es gibt kein Geheimnis, da es kein Blut auf dem Küchenfußboden gibt.*

---

* Jacques Roubaud: ›*Le grand incendie de Londres*‹ – P.E.

[unnummerierte Seite]*

Ich habe geträumt, mein himmlischer Vater**, dass du mit mir sprichst. Dich mit mir unterhältst. Du zogst heftig dein Bein nach und ich stürzte mich quasi sofort auf dich, mit den Worten, mein Alter, du ziehst dein Bein nach. Wenn ich gewusst hätte, was los ist, hätte ich geschwiegen.

Du hattest den Körper und das Gesicht von András Bölcs.

Mit dem zusammen ich am Hof allerlei Wissenschaften studiert habe, Latein, Mathesis und etwas über den Gang der Gestirne. Er war ein hochgewachsener Junge, muskulös, nicht knochig, dennoch wie einer, von dem wir Beständigkeit annehmen, dass sich die Proportionen seines Gewichts und seiner Größe nicht unvorteilhaft verändern werden, vulgo: aus ihm niemals ein fetter Schweinserwachsener wird. Alles an ihm war schön, nicht auffallend, vor allem nicht prahlerisch. Seine stille Schönheit rühmte dich.

Irgendwie war sein Verstand ruhig, auch seine Vernünftigkeit; still wie seine Schönheit. Er wollte bei der Bande nicht außen vor bleiben, er war auch nicht faul, doch seine Position interessierte ihn nicht. Er war bestrebt, sein Streben aber bezog sich nicht auf die zu erreichende höhere Stufe, vielmehr auf die Erkenntnis.

Auch als erwachsener Mann bewahrte er sich die leise

* Dann sind das insgesamt *genau* hundert Seiten, wie versprochen. – P. E.

** Mein Vater. Verschreiber und vor allem langsam Selbstparodie. – P. E.

Schönheit seines Körpers, doch, man weiß nicht, ich weiß nicht,[*] infolge welcher Anspannungen, in seinem Gehirn entstand ein Riss, der Schlag traf ihn heftig. Aber zwei Jahre fleißige Arbeit, gelehrte Übungen und aufrichtiges Beten retteten ihn fast vollständig aus dem Dunkel seines Zustandes. Seinen Mund hatte das Unglück zu Seite verzogen, so presste er die Wörter heraus.[**] Diese aber kannten die Zeit nicht, immer wieder kamen sie umherirrend zum Vorschein. (Was ist Zeit? *Wann* ist Gegenwart?[***])

So warst du, mein Herr[****], im Traum, liebenswürdig und zerbrechlich.

Etwas habe ich noch nicht gesagt. Deine Augen. Die Augen von András Bölcs. Denn wenn er sprach, erzählte er die eigene Geschichte, die dramatische Geschichte seines Gehirns, er erzählte sie mit gewisser Heiterkeit, aber nicht optimistisch, er verheimlichte die Schwierigkeiten nicht, die er nunmehr hinter sich gelassen hatte, die noch auf ihn warten würden und die ihn in jedem Augenblick seines Lebens mit enormem Gewicht drückten, seine Augen waren ganz verschattet. Da saß eine unendliche Traurigkeit wie ein selbständiges Wesen, von ihm und auch von seinem Kummer unabhängig.

---

* Ich weiß es. – P. E.

** Der Musiker Zoltán Kocsis (1952–) spricht meistens so: als rauchte er in einem älteren französischen Schwarzweißfilm fröhlich Zigarette und spuckte währenddessen die Wörter zur Seite. – P. E.

*** Rilke, zitiert von Kertész im *Galeerentagebuch*. – P. E.

**** Mein Vater. – P. E.

Als stünde hinter den Kümmernissen ein größerer Kummer.

Du bist dieser Kummer, mein Herr*, murmelte ich früh im Halbschlaf der Verantwortungslosigkeit.

Du, der traurige Gott.

Ich kann nicht sagen, mein Herr**, in welcher Sprache wir gesprochen haben, doch ich hatte nicht das Gefühl, es sei eine fremde. Dann aber muss es Ungarisch gewesen sein.

Eine hübsche kleine ungarische Sprache. Eine geile.

Du verschwandest in dem plötzlich herabsinkenden Nebel wie die großen Hochseeschiffe, wenn sie den Hafen verlassen,*** langsam, feierlich, du verschwandest, als tauchtest du auf, als kämest du und gingst nicht, weg, für immer.

---

* ( ) – P.E.

** Mein Vater. – P.E.

*** Casablanca! – P.E.